Michael Markaris

Der Mykonos-Krimi 12

MYKONOS LOVE STORY 8

Crash - Absturz

AF189934

Michael Markaris

Der Mykonos-Krimi 12

MYKONOS LOVE STORY 8

Crash - Absturz

Bisher erschienen:
Band 1 „Griechische Brandung"
Band 2 „Jenseits von Mykonos"

Band 5 „Mykonos Love Story 1"
Band 6 "Mykonos Love Story 2 – Das Goldene Ei"
Band 7 "Mykonos Love Story 3 – Morgenröte über Mykonos"
Band 8 "Mykonos Love Story 4 – Mykonos Speed"
Band 9 "Mykonos Love Story 5 – Rape"
Band 10 "Mykonos Love Story 6 – Der rosa Leopard"
Band 11 „Mykonos Love Story 7 – Die Rückkehr der Leoparden
Band 12 „Mykonos Love Story 8 - Crash
Band 13 „Mykonos Love Story 9 – Der tote Pelikan
Band 14 „Mykonos Love Story 10 – Photià-Feuer

Impressum
Titelbild: Istockphoto
Copyright Michael Markaris 2019
ISBN 9783749422814
Herstellung und Verlag: BoD- books-on-demand, Norderstedt

Bei allen MLS-Büchern wurde der Drucksatz von griechischen Setzern erstellt. Da diese natürlich keine Fehler in Deutsch erkennen, „rutschen" manche Fehler durch. Dafür landen zumindest einige Euro bei unterbezahlten Setzern.

Jeder Band behandelt einen abgeschlossenen Fall, sodass die Bände nicht in der Reihenfolge gelesen werden müssen. Für das Verstehen der Beziehung ist es allerdings zu empfehlen.

Am Ende von „Mykonos Love Story 1" sind Kommissar Pandis und Angelos gestorben. Der achte Teil ist das siebte Prequel und behandelt die (meist glücklichen) Monate vor den tragischen Ereignissen.

Während Band 1 auf wahren Begebenheiten beruht, sind die Prequels hinsichtlich der Kriminalfälle natürlich Fiktion.
Dort, wo private Momente zwischen Paul Pandis und Angelos geschildert werden, entsprechen die Darstellungen aber ohne Abstriche der Wahrheit.

Paul Pandis (jetzt Markaris), 53, ist Leiter der Polizei Mykonos.

Angelos Markaris, 28, ist Mitarbeiter beim Geheimdienst EYP und – wohl wichtiger – Pandis´ Ehemann.

Für Angelos

1

„Angelos!"
Paul stand in der Dusche und sein Ehemann
arbeitete sich gerade an ihm ab. Wie ein
wildgewordener Stier.
„Angelos! Dein Spitzname ist Leopard und
nicht Bulle!", keuchte Paul.
„Beschwerden, alter Mann?"
„Ein bisschen sanfter, Großer!"
Seitdem seine Operationsnarben verheilt
waren, konnte Paul ihn gar nicht mehr
bremsen. Nach den Foltersitzungen in
Bengasi hatten beide die Angst, Angelos
würde beide Hoden verlieren. Es blieb Gott
sei Dank bei einem und der war vor drei
Wochen durch ein Implantat ersetzt worden.
Dauerhafte Schädigungen waren ausgeschlossen. Eher im Gegenteil. Angelos schien
die verlorenen Wochen nachholen zu wollen.
Nicht, dass sich Paul beschweren wollte. Sex
mit Angelos ist atemberaubend.
Aber mit 53 ist man kein Torero mehr, der
einen 28-jährigen Stier im Zaum hält.
Es folgte der zärtlichere Teil, den Paul am
meisten schätzte. Und Sex unter der Dusche
ist und blieb das Steckenpferd der Herren
Markaris.

Später im Bett kuschelte sich Paul an Angelos´ Brust. Der Geruch dieses Mannes machte ihn noch immer verrückt. Mitunter fragte er sich, ob er nicht wirklich zur Therapie musste. Richter Mantzaris wollte ihn ja schon dazu verdonnern, nachdem man die Herren mehrfach beim Sex in der Öffentlichkeit erwischt hatte. Aber Angelos hatte den Richter mit seinem Charme jedes Mal derart eingewickelt, dass sie mit einem blauen Auge davonkamen. Da die Ausflüge meist auf Kamera festgehalten wurden – ohne dass Paul und Angelos es wussten – kursierten auf der Insel diverse Kopien. Anfangs war dies Paul unangenehm und peinlich. Wenn er mittlerweile darauf angesprochen wird, antwortet er nur noch mit „Neidisch?".

Das waren die meisten nämlich. Einmal wöchentlich Pflichtsex mit der Ehefrau - das blieb Paul erspart.

Oder besser gesagt: das hatte er hinter sich, bis er mit 53 seine Liebe zu Männern entdeckte. Noch präziser: bis der 28-jährige Angelos bei einem Einsatz auf Mykonos auftauchte.

Paul, Leiter der Polizei Mykonos, verfiel dem 25 Jahre jüngeren Geheimdienstmann, der die Dunkelheit aus seinem Leben vertrieb.

Und dafür war Paul unendlich dankbar. Er liebte Angelos abgöttisch. Zusammen hatten sie schon viel durchgemacht. Ihre beiden Berufe sorgten für ständige Gefahr. Paul wurde schon übelst vergewaltigt, Angelos ebenso und vor kurzem sogar entführt. Aber ihre Beziehung hatte alles überstanden und war sogar noch stärker geworden.

2

„Paul, ich habe mich entschlossen, die Wohnung in Athen aufzugeben", sagte Angelos leise.

Und Paul hätte jubeln können. Bisher wollte Angelos sie nicht aufgeben. Nicht als „Fluchtmöglichkeit", sondern er hatte ja eine Arbeitsstelle, deren Basis in Athen war. Vor und nach jedem Einsatz musste er in die Zentrale. Zudem gab es auch manchen Einsatz in Athen.

Eine nachvollziehbare Haltung. Dennoch war Paul nicht ganz wohl. Bei ihrem ersten großen Krach war Angelos tatsächlich in seine Athener Wohnung geflüchtet.

„Wenn ich vorher in die Zentrale muss, kann ich mir auch ein Zimmer nehmen. Danach könnte ich ohnehin gleich nach Hause. Was meinst Du?"

Paul schmiegte sich noch mehr an Angelos und sagte; „Mir wäre es sehr recht. Du hast nur ein Zuhause und das ist hier!"

„Und Du hast weniger Angst, ich könnte mal dorthin fliehen, oder?"

„Ich hasse es, wenn Du meine Gedanken liest. Ich will nicht so berechenbar sein", sagte Paul.

„Was ist daran schlimm? Wenn ich weiß, womit ich Dich ärgere, kann ich es lassen. Wenn ich genau weiß, was Du magst, tue ich es einfach!"

Und er lachte sein breitestes Lächeln.

„Gut, dann haben wir das geklärt. Du hast die nächsten Tage nichts zu tun. Dann können wir übermorgen loslegen!"

Paul dachte an sein 53 Jahre altes Kreuz und wusste, er würde zwei Tage flachliegen. Aber das war es wert.

„Wenn uns nicht noch eine Leiche dazwischenkommt", sagte Paul.

Aber er war glücklich.

Es sollte keine Leiche dazwischenkommen, sondern 29.

3

Es ist erstaunlich, was sich so alles ansammelt über die Jahre. Selbst wenn man alleine wohnt und auch das nur zeitweise – wie Angelos. Kartons, Möbel, Kartons und dann das Ganze von vorne. Aber letztendlich war alles verpackt und im Container nach Mykonos unterwegs.

Im Terminal saßen die Herren Markaris am Gate 12 und warteten auf ihren Flug.

„Sag mal, hast Du schon mal in einem Flugzeug?", fragte Angelos.

Paul lachte.

„Nein. Und vor Dir wäre ich auch nicht auf die Idee gekommen, es in einem Tretboot, einem Beichtstuhl oder einer Seilbahn zu machen!"

„Du willst also sagen, ich habe Dein Leben bereichert!" Angelos lachte.

„Das kannst Du laut sagen. Und ich bin immer noch sehr dankbar dafür, mein Großer!"

„Ich aber auch, vergiss das nie!"

Stille.

„Aber die Flugzeit sind nur 22 Minuten. Da geht doch keiner auf die Toilette, schon gar nicht zwei", sagte Paul.

„Dann beeile ich mich halt ausnahmsweise!"

Paul lachte. „Angeber!"

Tatsächlich war die Cabin Crew so beschäftigt, dass sie gar nicht mitbekamen, wie zwei Herren aus der letzten Reihe plötzlich verschwanden. 16 Minuten bis zur Landung abzüglich 3 Minuten landing position macht 13 Minuten.

„Das muss schnell gehen", dachte Paul.

Kaum zu Ende gedacht, hatte Angelos schon das Kommando übernommen und Pauls Kopf knallte gegen den Spiegel. „Bequem ist etwas anderes", presste der hervor.

Nun waren sie also auch im „Mile High Club", wenn man es denn sein musste.

„Man wird es uns ansehen", dachte Paul.

Das sollte ihr geringstes Problem sein.

Uhrplötzlich verspürte Paul einen Stich und heftige Schmerzen im Hintern. War die OP-Wunde wieder gerissen? Nach der Vergewaltigung mit einem Holzprügel musste der Enddarm wieder zusammengeflickt werden. Aber den Schmerz kannte er und dieser war weiter innen.

„Was ist los, Paul? Da geht nichts mehr. Ich stecke fest!"

Bitte, bitte nicht.

„Ich weiß es auch nicht. Bitte bewege Dich nicht. Es tut höllisch weh. Ich befürchte, es ist ein Krampf im Schließmuskel", sagte Paul niedergeschlagen. Er konnte sich den weiteren Verlauf des Tages vorstellen. Hauptsache, sie landeten nicht wieder bei Richter Mantzaris.

„Soll das heißen …?", fragte Angelos und fing lauthals an zu lachen.

„Nicht lachen, jedes Wackeln tut weh. Und nun los, mach´ ihn klein!"

Angelos lachte noch mehr.

„Der wird nie klein, merk Dir das. Wenn Du meinst normal, ich versuche es, aber wie macht man das?"

„Denk an Sex mit Deiner Mutter, das funktioniert", meinte Paul.

„Ich bin offensichtlich gestört. Es geht nicht. Ich stecke fest", flüsterte Angelos ihm kichernd ins Ohr!

„Da gibt es nichts zu lachen. Ich glaube nicht, dass Du Dir einen Bruch bei der Landung holen möchtest!"

Paul wurde langsam mulmig. Ihm würde es auch nicht guttun. Bitte lass es jetzt „flutsch" machen und entspannen.

Aber das Klopfen an der Tür machte alles zunichte. „Sie müssen auf Ihren Platz! Noch vier Minuten", sagte die Flight Attendant.

„Äh, wir haben ein gesundheitliches Problem", brüllte Angelos gegen den Lärm an. Und das Flugzeug schwankte bereits heftig im Landeanflug. Mykonos und sein gefürchteter Wind.

Er hörte von draußen den Satz „Nicht schon wieder! Dann halten Sie sich wenigstens fest!"

„Mist, verfluchter", meinte Paul.

„Halt Dich fest", sagte Angelos.

„Danke. Das machst Du schon!"

Die Landung war eher ein Aufschlag und Angelos hatte kurzzeitig das Gefühl, er verliere ein Körperteil. Paul hingegen glaubte, es reiße ihm eines auf.

Dann rollte die Maschine zur Parkposition.

Noch eine Minute bis zur größten Peinlichkeit meines Lebens. Nein, der Richter würde noch schlimmer werden.

Und dann fing Angelos wieder an zu lachen.

Und das war so ansteckend, dass sich auch Paul der Situation ergab.

Als das Flugzeug stand, hörten sie wieder die Stimme von außen.

„Wir müssen in solchen Fällen die Polizei rufen. Vorschrift!"

„Aber hier ist die Polizei", kicherte Angelos.

„Klappe, Angelos! Wir brauchen auch einen Arzt!"

„Wozu das denn?", fragte die Flight Attendant.

„Äh, wir stecken fest!"

Man hörte lautes Gelächter.

Wer würde kommen?

Yannis, Dr. Karamanlis und dann Richter Mantzaris. Er würde sich drei Monate verkriechen müssen und dennoch würde man noch in 30 Jahren darüber lachen!

„Kommst Du immer noch nicht raus?"

„Nein, Paul. Sonst wäre ich es schon. Es ist aber auch zu komisch. Huhaha!"

„Komisch? Es tut weh und wird saupeinlich." Paul wurde sauer.

„Nun gib mir nicht die Schuld. Hat ja keiner gesagt, dass Du zuzwicken sollst."

„Hab ich nicht!"

Doch bevor Streit ausbrach, fuhr die Gangway heran. Yannis oder der Arzt?

Die Türe wurde geöffnet und man sah kurz das Gesicht einer Frau, die einen spitzen Schrei von sich gab.

„Das sind zwei Männer!"

„Was erwartest Du denn auf Mykonos?", sagte eine zweite Stimme.

Dann hörte Paul Yannis.

„Aufmachen" – und die Türe ging auf.

Und Angelos sagte fröhlich „Hallo, Yannis!" Der wiederum war so perplex, dass er einfach „Hallo, Angelos!" sagte und dann „Hallo, Chef!" Der brummte nur.

„Das ist Ihr Chef?", fragte der Pilot.

„Ja, das ist der Polizeipräsident von Myko-
nos!"
Das anschließende Gewieher der Crew war
bis in den Flughafen zu hören.
„Na, Prost Mahlzeit", sagte der Pilot.
„Karamanlis?", war das einzige Wort, das Paul
hervorbrachte.
„Kommt. Sollen wir die Türe zumachen?",
fragte Yannis.
„Ich bitte darum", sagte Paul.
Kaum war die Türe zu, brach Angelos wieder
in schallendes Gelächter aus.
„Ich bringe Dich um", brummte Paul.
„Ach Paul, das ist doch einfach zu komisch.
Und es wird ja noch besser. Wir müssen
bestimmt zu Mantzaris!" Angelos kicherte.
Garantiert müssten sie zu Mantzaris.

4

Auf der Gangway waren die nächsten Schritte zu hören. Die nächste Demütigung, aber auch die Erlösung.

Und wieder ging die Türe auf. Natürlich hatte Yannis den Arzt vorgewarnt.

„Guten Tag, die Herren Markaris. Sie hatten es wohl eilig!"

„Spar Dir Deine Scherze und hilf uns", brüllte Paul.

„Ein Rüpel wie immer. Ich dachte, Sie hätten einen guten Einfluss, junger Mann!"

„Entschuldigen Sie Paul, er ist wohl in einer Zwangslage", und fing schon wieder das Lachen an.

„Nun, Sie haben die Wahl! Tabletten, aber das kann dauern!"

Da schaltete sich der Pilot ein.

„Dafür haben wir keine Zeit. Wir müssen in 15 Minuten boarden!"

„Dann tut es mir leid. Dann bleibt nur die Spritze!"

„Aber nicht in meinen ...", brüllte nun Angelos. Da lachte er nicht mehr.

„Das war ja klar, dass ich derjenige sein werde", raunzte Paul.

Karamanlis zog die Spritze auf.

„Wohin?" fragte Paul und dachte maximal an den Hintern.

„Na wohin wohl? Da, wo es klemmt. In den Muskel?"

„Und wenn Sie aus Versehen mich treffen?", fragte Angelos.

„Bringt Sie auch nicht um, sehen tue ich ohnehin nichts. So, irgendjemand trifft es jetzt!"

„Auuuuuuutsch!" Du Metzger!"

Es traf natürlich Paul.

„Dankbar wie immer", sagte Karamanlis.

Zehn Sekunden später waren die beiden Unzertrennlichen getrennt. Angelos sah sofort nach, ob etwas beschädigt war.

Paul konnte aus anatomischen Gründen selbiges nicht tun.

„Schaut vielleicht mal jemand nach mir?"

„Alles in Ordnung, Paul. Soll ich Dir für das nächste Mal ein Muskelrelaxans aufschreiben?"

Pauls grimmiger Blick sagte alles. Aber das Leiden hatte noch kein Ende, denn am Fuß der Gangway stand gefühlt das ganze Flughafen-Personal und klatschte.

Angelos hatte nichts Besseres zu tun, als mit dem Victory-Zeichen die Treppe hinunterzugehen.

Paul hätte ihn am liebsten umgebracht.

Und wehe, der Richter brummt mir wieder die Strafe auf – so wie die letzten beiden Male. Aber genauso würde es bestimmt kommen. Und diese blöde Spritze tat noch immer höllisch weh.

5

„Es tut mir leid, Paul, das war eine blöde
Idee."
„Nicht die erste", entgegnete Paul.
„Die Seilbahn, der Beichtstuhl …"
„Aber das Tretboot war Deine Idee!", sagte
Angelos.
„Nur weil ich zugedröhnt war!"
„Von Drogen, die Du mitgehen hast lassen!"
„Hmmm" hieß bei Paul: „Du hast recht!"
„Und Spaß hat es Dir doch auch immer
gemacht, alter Brummbär."
„Hmmm."
„Der Sex mit Deinem gutaussehenden und
klugen Ehemann ist Dir also nicht mehr wert
als ein ‚Hmmm'?", fragte Angelos.
Über Angelos´ Selbstlob musste Paul immer
lachen. Das funktionierte immer.
„Play me like a violin", war Pauls Antwort.
Immer noch ihr Lied.
„Ich hoffe, mein Bogen hat die Landung
überstanden. Es hat ganz schön geruckt!"
„Frag mal meinen Hintern", sagte Paul.
Plötzlich fuhr Angelos hoch nach Kalo Livadi
und hielt links an. Er nahm die Fußmatte und
legte sie auf den Boden.
„Komm! Setz Dich!"
„Was hast Du vor?"

„SETZ DICH!"

Paul setzte sich auf die Matte und Angelos genau dahinter. Er schlang seine Arme um Paul und fuhr mit der Zunge über dessen linkes Ohr.

„Angelos, mir ist nicht …"

„…nach Zärtlichkeit? Das wäre ganz etwas Neues. Schau doch einfach mal nach vorne. Der Sonnenuntergang, das Meer. Wann bist Du vor mir jemals hier gewesen?

„Nie" sagte Paul leise.

Er konnte Angelos riechen. Dieser Körpergeruch gehört verboten. Er ist wie Chloroform, er raubt einem die Sinne, aber auf positive Weise. Paul konnte noch so sauer sein, Angelos wusste um die Knöpfe, die er drücken musste.

„Ich wollte Dich nicht in eine peinliche Lage bringen. Aber versteh doch! Vor vier Wochen dachte ich noch, ich verliere dort unten alles!"

Die Drogenhändler hatten ihn in Bengasi so brutal gefoltert, dass er beinahe beide Hoden verloren hätte. Und vielleicht noch mehr. Einen Hoden konnte man retten, der zweite wurde durch eine Prothese ersetzt. Trotz aller Ängste und Bedenken: es funktionierte alles wieder wie vorher.

„Jetzt bin ich so erleichtert, dass ich alles nachholen will. Und Du musstest ja auch die ganze Zeit auf Sex verzichten. Ein Wunder, dass Du Dir keinen anderen gesucht hast", flüsterte Angelos.

„Ich habe wegen Dir sechs Menschen erschossen und Du glaubst, das macht man, wenn man zwei Wochen später sich einen Neuen sucht?", fragte Paul.

Noch immer leckte Angelos Paul übers Ohr. Gänsehaut pur.

„Wieso sechs?"

„Die zwei Morgenrötler, einer in Beirut, einer in Bengasi und jetzt zwei im Krankenhaus in Athen. Einer ist leider durchs Fenster entkommen. Der macht mir allerdings Sorgen!"

„Ich mache mir keine. Ich habe meinen Massenmörder als Beschützer! Und jetzt lass uns nicht darüber nachdenken."

So schauten die beiden hinaus auf die Ägäis.

6

„Ich will nicht", sträubte sich Paul.

„Paul, Du weißt, es führt kein Weg dran vorbei. Wir müssen um 12 Uhr bei Richter Mantzaris sein. Die haben uns nun mal angezeigt. Vertrau mir doch einfach. Ich wickele den schon ein."

„Ja, aber der Depp bin jedes Mal ich. Ich bekomme die Strafe und Du ein freundliches Lachen!"

Angelos wurde ernst.

„Ich verspreche Dir, dass es dieses Mal nicht so kommt. Vertraue mir!"

Und so betraten sie das Amtszimmer von Richter Mantzaris.

„Ah, die Herren Markaris. Dieses Mal haben Sie den Vogel abgeschossen. Ich habe ja schon bei der Seilbahn und dem Tretboot beide Augen zugedrückt. Sagen Sie mir, was ich denn jetzt machen soll. Die Fluggesellschaft nimmt die Anzeige nicht zurück."

„Herr Richter", begann Angelos, „könnten wir unter vier Augen sprechen?"

„Aber …", begann Paul zu protestieren.

„Klappe, Paul. Vertrau mir!", sagte Angelos. Und tatsächlich trollte sich Paul nach draußen.

„Junger Mann, wie machen Sie das? Nicht mal ich hätte mich getraut, Pandis vor die Türe zu setzen."

„Markaris, Herr Richter!"

„Ach ja. Stimmt. Nun, Sie haben den Herrn ganz schön im Griff. Ich kenne Ihre Geschichte aus Bengasi und es tut mir sehr leid. Aber das gibt Ihnen nicht das Recht auf Sex in einer Flugzeugtoilette!"

„Es war alleine meine Idee. Wenn Sie jemanden bestrafen wollen, dann bitte mich. Paul hat schon genug mitgemacht",
antwortete Angelos.

„Was meinen Sie damit?", fragte Richter Mantzaris.

Angelos tat etwas, was nicht Pauls Billigung gefunden hätte. Er erzählte von Pauls und seiner eigenen Vergewaltigung.

„Lieber Gott, da kann ich ja froh sein, dass ich im Innendienst bin. Ich hatte ja keine Ahnung, wie gefährlich es da draußen ist. Sind Sie gläubig?", fragte Mantzaris.

„Nein", antwortete Angelos.

„Sonst hätte ich Sie jetzt auf die Bibel schwören lassen, dass Sie nie wieder … Sie wissen schon."

„Ich verspreche es Ihnen. Und das gilt auch für Paul!"

„Und gute Besserung für Sie beide", rief Richter Mantzaris hinterher.

„Freispruch", sagte Angelos zu Paul, als er das Gericht verließ.

Paul schaute vollkommen verblüfft.

„Wie hast Du das gemacht?", stotterte er fast.

„Ich habe meine Qualitäten. Vertraue mir, habe ich gesagt – und? Habe ich Dich enttäuscht?"

„Na, ich hoffe nicht, dass Du dem Richter an die Hose bist!"

Angelos lachte.

„Für war hältst Du mich? Bin ich die Hure von Mykonos?"

„Nein, Du bist mein gutaussehender und kluger Mann. Mehr Lob gibt es später!"

7

Zwei Tage später kam Uri zu Besuch.

Der Israeli war ein enger Freund von beiden.
Uri hatte bei Angelos´ Befreiung mitgeholfen
und vorher Paul bei dessen Ermittlungen in
Beirut unterstützt. Bis zur Begegnung mit Paul
und Angelos war Uri strenggläubiger Hetero.
Nach einer gemeinsamen Nachtbehandlung
wechselte er die Seite und ließ sich von seiner
Frau scheiden.

Es hat Paul enorme Überwindung gekostet,
Angelos mitmachen zu lassen. Aber der
Kompromiss „nur mit dem Mund" war
erträglich. Und sie mussten sich bei Uri
bedanken – und „nachhelfen". Angelos und
Paul ahnten, dass hier der nächste zu seinem
„Coming out" gezwungen werden musste.

„Gott sei Dank brauchst Du nicht eifersüchtig
werden, denn Uri steht mehr auf Dich", sagte
Angelos.

Da hatte er wahrscheinlich sogar recht.
Zumindest hatte Paul den gleichen Verdacht.

„Das kann doch gar nicht sein, dass jemand
mich nicht will!", sagte Angelos und lachte. Es
klang immer so arrogant, aber Paul wusste, es
war nicht ernst gemeint. Angelos war eher
unsicher und genoss deswegen Pauls
bedingungslose Liebe sehr.

„Angelos, Du weißt, ich habe Dich noch nie betrogen. Und werde es auch nie tun. Ich könnte gar nicht. Denn: niemand riecht wie Du!"

Angelos fing an lauthals zu lachen.

„Und außerdem: nach wieviel Minuten mit Uri bin ich zu Dir gekommen?"

„Gefühlt eine Stunde. Aber es war keine Minute. Und ich war sehr erleichtert", sagte Angelos.

Als Angelos seine Verletzung auskurierte – und keinen Sex haben konnte – hatte er Uri gefragt, ob er nicht Sex mit Paul haben könnte. In Vertretung sozusagen, damit Paul nicht so lange „ohne" bleiben musste.

Aber Paul hätte niemals „ja" gesagt. Er war treu. Und für Angelos war das ein Vertrauensbeweis, den er aber im Grunde genommen nicht brauchte.

Da stand Uri nun.

„Meine zwei Durchgeknallten!"

8

„Wenigstens hatten Beirut und Bengasi einen positiven Effekt. Dass wir Dich kennenlernten", sagte Paul zu Uri.

Er sah gut aus. Nun, als Geheimdienstler kann man auch keinen Bierbauch mit sich herumtragen. Aber seine Augen leuchteten.

Offensichtlich hatte die Neuorientierung in Richtung Männer ihm gutgetan – so wie Paul und Angelos auch.

„Und nach eurem nächtlichen Angriff auf mich geht es mir auch besser!"

„Für einen Angriff hast Du Dich aber wenig gewehrt", sagte Angelos lächelnd.

„Festen Freund?", fragte Paul.

„Nein. Auf der Suche", antwortete Uri.

„Aber …", begann Paul.

„Angelos ist tabu und Du auch. Ich würde nie etwas tun, das euch Probleme macht!"

„Wissen wir doch", sagte Angelos. Aber Paul merkte, dass Angelos genau darauf achtete, *wie* Uri Paul ansah. Zwar war der Altersunterschied zwischen beiden gut 20 Jahre – aber das bedeutete nichts. Zwischen Angelos und Paul waren es 25.

Und nach ein paar Stunden war klar, dass Angelos die beiden nicht alleine ließ.

Soll ich jetzt sauer sein wegen des mangeln-
den Vertrauens? Oder tut es nicht gut, wenn
es ausnahmsweise nicht er war, der vor
Eifersucht platzte – sondern Angelos?
Paul entschied sich für Letzteres.
Aber er wollte nicht grausam sein.
Er packte Angelos am Arm.
„Angelos, bitte! Du beleidigst mich. Und
machst dasselbe, was Du mir immer
vorwirfst!"
„Entschuldige. Es ist für mich halt ungewohnt.
Aber es schadet nicht, wenn ich weiß, wie es
ist, wenn die Eifersucht an Dir nagt!"
Und auch dafür liebte er seinen Mann.
Geradeheraus. Ehrlich. Und er versucht
immer, sich in den anderen hineinzu-
versetzen. Das muss wohl ihr Geheimnis sein.
In den Kopf des anderen hineinkriechen.

9

Frühstück im Hause Markaris.

„Habt ihr noch Flash-Backs?", fragte Uri.
Angelos und Paul hatten je einen. In beiden
Fällen war Uri zufällig da.
„Ich hatte bisher überhaupt keinen",
behauptete Paul. Und die beiden anderen
lachten laut los.
Tatsächlich hatte Paul einen heftigen Flash-
Back, den Angelos aber zu therapieren
wusste, Er ging mitten in der Nacht joggen,
bis er heftig schwitzte und legte dann seine
nasse Achsel auf Pauls Nase. Vorbei war der
Anfall, Paul schlief damals sofort ein.
Uri sah damals – zuerst geschockt, dann
höchst interessiert – zu, vor allem bei der
anschließenden „Nachbehandlung" per
Mund. Paul bekam von alldem nichts mit.
„Was lacht ihr so blöd?"
Das Lachen wurde nur noch lauter.

Sein Leben lang würde Paul nicht verstehen,
wie man – vor allem am Morgen – Joggen
gehen konnte. Aber beim Geheimdienst
gehörte dies wohl zum Fitness-Programm. Bei
der Polizei musste man jährlich eine
Laufprüfung absolvieren, bei der Paul
regelmäßig durchfiel. Bald würden ihm die

Ausreden (Meniskus, Adduktoren) ausgehen.
Vielleicht schicke ich das nächste Mal
Angelos, dachte sich Paul. Foto aufgeklebt,
könnte funktionieren.
Solange niemand auf das Geburtsdatum
schaut?

Uri und Angelos trabten davon.

Keine zehn Minuten später lag Pauls Welt in
Trümmern.

10

Uri stürmte zur Tür herein, vollkommen außer Atem.

„Angelos! Er ist gestürzt! Auf einen Stein! Wir brauchen einen Arzt!"

Paul merkte, wie die Kälte in ihm hochkroch. „Wo?"

„Unten am nächsten Strand. Sol …
irgendwas", sagte Uri.

Paul rannte aus dem Haus, Uri hinterher. Sie zogen eine riesige Staubwolke hinter sich her, als sie nach Kalo Livadi an den Strand fuhren. Beim Solymar muss es passiert sein.

„Langsam, Paul! Er liegt da um die Kurve", schrie Uri.

„Oh Gott", sagte Paul.

Angelos lag mit einem unnatürlich verdrehten Kopf auf dem Boden.

„Großer!", schrie er. Aber Angelos konnte ihn nicht hören. Auf dem großen Stein neben ihm war ein großer Blutfleck zu sehen. Wenn er darauf geknallt ist, dann …

„Puls ist noch da. Herrgott, wie kann sowas passieren?"

„Er ist ausgerutscht und konnte sich nirgends festhalten!"

„Uri, hol eine der Bastmatten vom Strand. Wir müssen ihn abdecken, wenn der Hubschrauber kommt.

Paul griff zum Handy. Nikos.

Geh ran! Geh ran! Endlich.

„Nikos, hier Paul. Keine Fragen. Ich brauche einen Medicop nach Kalo Livadi auf den Parkplatz. Genaue Daten kommen. Es ist Angelos. Gestürzt. Ich befürchte ein Schädel-Hirn-Trauma. Er ist auf einen Stein geknallt!"

„Oh Gott. Ich kümmere mich darum! Lebt er noch?"

„Noch!" „Bleib dran, Paul!"

„Ist unterwegs. Was muss der Junge denn noch alles mitmachen? Oder besser ihr!"

Nikos bemerkte gerade noch rechtzeitig, dass zwar Angelos das Opfer war, aber der Hauptleidtragende war zunächst immer der, den die Sorgen und Probleme plagen.

Paul lief zu seinem verletzten Mann, traute sich aber nicht, den Kopf zu streicheln. Wenn er wirklich ein Schädel-Hirn-Trauma hätte, dann würde sich alles ändern. Er wäre nicht mehr er. Kein Sprechen, kein normales Laufen.

Aber in diesem Moment beschloss Paul, dass er ihn nicht alleine lassen würde. In solchen

Situationen zeigt sich, ob Treueschwüre nur Lippenbekenntnisse ohne Wert waren.

Er hörte in der Ferne das Brummen des Hubschraubers.

„Uri, stell Dich auf den Parkplatz und winke! Ich halte die Schilfmatte".

Der aufgewirbelte Staub ließ einen nichts mehr sehen. Paul versuchte, Angelos – und vor allem die Wunde – zu schützen.

Dann sprang der Arzt aus dem Medicop.

„Schneiden Sie ihm das Shirt auf!", sagte Paul zu einem der Rettungssanitäter.

„Warum?", fragte der.

„Tun Sie es einfach!" Und er tat es.

Und Paul leckte dem schwerverletzten Angelos die Achsel.

„Sind Sie verrückt?", fragte der Arzt und ließ Angelos in den Hubschrauber bringen.

„Was sollte das? Ein letztes Mal ihn schmecken?", fragte Uri sichtlich sauer.

„Das war geschmacklos!"

Paul lächelte.

„Du verstehst gar nichts. Er kann mich nicht hören, aber vielleicht kann er mich spüren. Und so weiß er, dass ich da bin!"

Uri schaute betreten.

„Entschuldige bitte!"

„Schon gut. Wir müssen zum Hubschrauber!"

Paul stieg mit ein und hielt Angelos Hand.

Seine Hoffnung, er würde wach, erfüllte sich nicht.
Nackte Angst packte ihn.

11

Es folgte der schlimmstmögliche Anruf. Wie erklärt man einer Mutter, dass ihr Sohn schwer verletzt ist und vielleicht stirbt. Oder dauerhaft behindert bleibt?
Er brach schon vor dem Telefonat in Tränen aus. Womit hatte der arme Kerl das verdient? Erst vergewaltigt, dann fast zu Tode gefoltert und jetzt das? Und für sein eigenes Leben schien auch nur eine kurze, unbeschwerte Zeit vorgesehen. Von wem auch immer. Arschloch.

„Merlina, bitte setz Dich!"
Was natürlich sofort zu höchster Beunruhigung führt. Aber was soll man sonst sagen?
Er hat geschlagene fünf Minuten überlegt.
Paul erzählte ihr den Ablauf des Unfalls und die möglichen Folgen.
Natürlich brach sie in heftiges Wehklagen aus. Was auch sonst?
„Mein armer Sohn! Wie kann Gott so grausam sein?
Weil Gott ein Arschloch ist, dachte Paul, sagte es aber nicht, denn Merlina war strenggläubig. Nun, vielleicht würde sich das nun ändern.

„Ich denke, Du willst kommen. Er liegt in der Uni-Klinik auf der Intensivstation. Fünfter Stock. Bist Du in der Lage, einen Flug zu buchen?"
„Ja. Ich fahre gleich zum Flughafen."
„Und Merlina: Dass eines klar ist. Wenn er gepflegt werden und im Rollstuhl herumge-fahren werden muss, dann mache ich das! Ich werde ihn nicht alleine lassen. Niemals!"
„Hoffentlich kriegt er noch mit, was er für einen Ehemann hat!"

12

Paul und Merlina saßen im Beobachtungs-
zimmer neben Angelos Krankenraum. Es war
wie ein Abziehbild der Situation nach der
Entführung. Schläuche, Infusionen,
Schläuche.
Bei Merlina konnte Paul endlich die Maske
fallen lassen. Er weinte ohne Unterlass.
„Das kann doch nicht sein. Als ob man uns
das Glück nicht gönnen würde. Wir tun
niemandem etwas und bekommen nichts als
Prügel. Und meistens er. Ausgerechnet
Angelos. Ich kenne tausende, die ein solches
Schicksal verdient hätten, aber nicht er!"
Merlina streichelte ihm den Kopf.
„Das ist jetzt alles nicht wichtig. Vielleicht hat
er ja Glück. Er ist jung, er hat Dich!"
Uri kam herein mit einer Ladung Kaffee.
„Und ich habe ihn heute früh überredet, mit
mir Joggen zu gehen. Er wollte eigentlich
nicht. Im Grunde bin ich schuld!", sagte Uri
betreten.
„Hör auf. Das ist Quatsch. Er joggt sonst jeden
Tag. Es hätte jederzeit passieren können.
Herrgott, wieso kann nicht ich auf einen Stein
knallen. Mit 53, gut. Aber mit 28?"
„Wann erfahren wir etwas?", fragte Merlina.

„Vorläufig gar nichts. Er kommt gerade erst in den CT, dann kommt der MRT und dann muss sich erst ein Arzt bequemen, uns zu informieren. Und dann halten sie uns zwei wieder für Vater und Mutter", sagte Paul zu Merlina.

„Irgendwie bist Du doch auch sein Vater, oder nicht? Ehegatte, Vater und Freund. Und das wird ihm helfen!"

Sie sahen zu, wie man Angelos aus dem Zimmer schob. Zeit für den CT.

„Ich bin mir nicht sicher, wie lange er noch durchhält", sagte Uri leise zu Merlina.

„Er macht viel durch mit meinem Sohn. Aber der kann ja nichts dafür!"

„Das meinte ich nicht, Frau Markaris."

Uri erzählte ihr die ganze Geschichte von Beirut und Bengasi. Und dass Paul zusätzlich noch gewaltige Probleme wegen seiner Vergewaltigung hatte, seelisch wie körperlich.

„Du meinst, er könnte Angelos nicht pflegen?"

„Um Gottes willen! Er würde jeden umbringen, der versuchen würde, es zu übernehmen. Aber er wird vielleicht unsere Hilfe brauchen."

Paul stand derweil auf dem Flur. Die Schwester hatte ihm verboten mitzugehen.
Am liebsten hätte er den CT selber gemacht.

„Schau Dir dieses Gesicht an. Er ist Vater, Mutter und Ehemann in einer Person."
Merlina schaute Uri an.
„Aber es kostet ihn unglaublich Kraft. Auf sich achtet Paul nämlich nicht!", sagte er.
„Ich bin nicht blind. Und mein Sohn hat unverschämtes Glück, auch wenn das an einem Tag wie heute blöd klingt!"

13

Merlina bewahrte Paul vor einer weiteren Aufregung. Als der Arzt den Raum betrat, sagte sie: „Das ist Herr Markaris, der Ehemann des Patienten. Ich bin die Mutter."

„Dann, Herr Markaris, sind Sie der nächste Angehörige. Ich muss gleich sagen, dass wir zu diesem Zeitpunkt keine definitiven Aussagen machen können. Es kann sich in alle Richtungen entwickeln. Das heißt aber auch, es könnte sich zum Positiven wenden. Die gute Nachricht: es ist kein Schädel-Hirn-Trauma" – Paul wollte schon aufspringen -, „aber leider ein mittlerer Schlaganfall. Wahrscheinlich ein Gerinnsel durch den Sturz. Am CT sieht man die betroffenen Hirnregionen. Momentan sind der linke Arm und das linke Bein gelähmt. Das kann aber wieder vergehen – mit viel Willen, mit viel Arbeit und mit viel Liebe!" Und der Arzt sah bei „Liebe" Paul an. Der Patient bleibt noch eine Woche hier. Danach müssten Sie eine Reha-Platz finden oder ihn zuhause versorgen. Zuhause heißt aber: 24-Stunden Betreuung wegen der Sturzgefahr, er braucht täglich Physiotherapie, muss gewaschen werden. Machen Sie sich nichts vor: das wird ein Full-Time-Job für

Sie. Ich will Ihnen weiß Gott nicht zu nahetreten, aber Sie sind auch schon etwas älter. Sie brauchen Unterstützung!"

Paul schaute Uri an.

„Ich habe noch drei Wochen Urlaub. Natürlich bleibe ich. Ich kann ihn tragen!"

„Das klingt doch schon gut. Einen Rollstuhl bekommen Sie von Dr. Karamanlis. Er lässt Sie übrigens herzlich grüßen und empfiehlt Ihnen, auf dem Rückflug an Ihrem Sitz zu bleiben. Sollte ich ausrichten. Warum auch immer. Noch eines: Schlaganfallpatienten sind nach dem Aufwachen oft verwirrt und oft auch grundlos böse. Abgesehen von dem Schock und der Angst. Seien Sie also nachsichtig und schlucken Sie Ihren Ärger herunter. Das vergeht – vor allem wenn es zu Fortschritten kommt."

„Kann ich bei ihm im Zimmer schlafen?", fragte Paul.

„Natürlich. Ich lasse ein zweites Bett bringen. Aber bereiten Sie sich auf den Moment des Aufwachens vor: was sagen Sie ihm? Er ist jung, es kann sein, dass er in zwei Monaten wieder laufen kann. Aber versprechen kann ich es Ihnen nicht. Sie heißen Paul, nicht wahr?"

„Ja, warum?"

„Na, es steht ja auf seinem Hodensack!"
„Was?" presste Merlina hervor.
„Und was meinte der Arzt mit dem Flugzeugsitz?", fragte Uri.
„Antworten später. Darf ich jetzt zu meinem Mann, bitte?"

„Was hat das mit dem Hoden auf sich?", löcherte ihn Merlina. Paul klärte sie auf, dass ihr Sohn, als er die neue Haut am Hodensack bekam, darauf bestand, dass „Paul" darauf stand.

„Es war nicht meine Idee, glaube mir! Ich dachte, mich trifft der Schlag!"

„Mein Sohn spinnt. Aber wenn er so seine Liebe zeigen will …"

„Das war seine Absicht. Es war zwar nicht nötig, aber ich fand es trotzdem großartig!"

„Und jetzt bitte der Flugzeugsitz!", flüsterte ihm Uri ins Ohr.

Also bekam auch er seine Geschichte, aber so, dass es Angelos´ Mutter nicht hörte. Das wäre dann doch zu viel für sie gewesen.

Uri wieherte vor Lachen. Etwas zu laut für den Anlass.

„Ihr zwei lernt es nie!"

„Tja, in Zukunft wird all das nicht mehr gehen", meinte Paul traurig.

„Nein. Wenn Du Dich hängenlässt, wird das bei Angelos auch nichts. Er muss sich an Dir aufrichten können!"

Paul nickte.

„Und ich werde Euch helfen, so lange mich Tel Aviv lässt. Seine Mutter wird auch dabei sein. Warum sollten wir das nicht schaffen!"

„Du hast ja recht, aber noch wissen wir nicht, in welchem Zustand er beim Aufwachen ist", entgegnete Paul.

„Dann solltest Du ihm schnell die Achseln lecken. Aber rechts, damit er es auch merkt!"

15

Es war zwar nicht Paul, der einen Schlaganfall hatte, dennoch fiel er todmüde in das zweite Krankenbett. Angezogen, da er sicher aufwachen und Kaffee brauchen würde – spätestens, wenn Angelos aufwachen sollte.
Um zwei Uhr war es soweit.
Er kam gerade zurück, als er Angelos rufen hörte. Seinen Namen.
Er riss die Türe auf.
Dort lag ein Häufchen Elend. Verheult und vollkommen verwirrt.
„Paul! Ich kann mich nicht mehr bewegen!"
Eine Schwester kam herein, wurde aber von Paul hinausgeschickt.
Er baute das Gitter auf einer Seite ab und schob Angelos ein wenig herüber. Dann legte er sich neben seinen Mann und nahm ihn in den Arm.
Aber Angelos sträubte sich.
„Sag mir was los ist! Sofort!" Wütend, zornig.
„Du bist gestürzt, auf einen Stein. Wir dachten zunächst an ein Schädel-Hirn-Trauma. Es war aber ein mittlerer Schlaganfall!"
„Ein Schlaganfall? Mit 28?"

„Ja, wohl Folge des heftigen Sturzes. Du hattest Glück. Als ich den verdrehten Kopf sah, dachte ich an einen Genickbruch!"

„Das nennst Du Glück? Einen Schlaganfall? Ich kann nichts bewegen. Ich bin ein Krüppel. Mein Leben lang", er schrie jetzt!

„Nicht so laut, Großer!", versuchte Paul ihn zu beruhigen.

„Ich brülle so laut ich kann. Mehr kann ich sowieso nicht mehr!"

„Angelos, Du kannst einen Arm und ein Bein nicht bewegen. Und die Chance, dass dies nach ein paar Monaten wieder geht, ist groß. Das hat uns der Arzt gesagt. Wir müssen Dich solange pflegen und kräftigen und mit Dir trainieren! Wir schaffen das!"

„Ach ja?"

„Uri bleibt extra da, um mit Dir zu trainieren!", sagte Paul.

„Dann kann er gleich noch mit Dir trainieren. Mit mir kannst Du ja nichts mehr anfangen!"

Paul war vollkommen verdattert.

„Wie ... wie kannst Du so etwas sagen? Das würde ich nie tun! Ich bleibe bei Dir, auch wenn ich Dich im Rollstuhl herumfahren muss!"

Gut, das war nicht gerade die beste Antwort.

„Siehst Du, Du glaubst selbst nicht daran!", Angelos schrie noch immer.

„Wo ist meine Mutter? Ich will meine Mutter sehen!"

Paul verließ den Raum. Er sagte der Schwester, dass der Patient wohl ein wenig Lorazepam zur Beruhigung brauche. Dann ging er in das Nebenzimmer.

Er rief Merlina an.

Dann setzte er sich hin und brach in hemmungsloses Weinen aus.

16

Merlina kam zu Paul ins Nebenzimmer.
Sie hatte mit Angelos gesprochen.
„Er hat Angst, Paul!"
„Die habe ich auch. Die hatte ich auch in
Beirut und Bengasi. Die hatte ich beim letzten
Mal im Krankenhaus. Die habe ich bei jedem
seiner Einsätze. Aber daran denkt niemand.
Ich zermartere mir das Gehirn, wie wir das
hinbekommen. Als Dank werde ich runterge-
putzt, als wäre ich ein niemand."
„Soll ich ihn zu mir holen?", fragte Merlina.
„Wenn Du das machst, sind wir geschiedene
Leute! Ich bin sein Mann! Basta!"
Er ging hinüber zu Angelos und legte sich
wortlos in sein Bett.
Angelos war nicht da. Wahrscheinlich wieder
beim CT.
Paul schlief sofort ein.

17

„Er hat Angst, dass Paul keinen Behinderten als Partner will. Dass er ihn sitzen lässt. Deswegen will er mit mir nach Rhodos!"
Uri schüttelte den Kopf.
„Dann ist er undankbar und gefühllos. Das hatten wir bei Angelos schon einmal. Dein Sohn hat eine dunkle Seite, Es tut mir leid, Merlina. Null Verständnis!"
„Er hatte einen Schlaganfall!", schrie Merlina.
„Einen der Sorte, bei dem alles wieder werden kann. Und Paul tut schon alles, damit Angelos es leicht hat!"
„Er hat auch Angst, dass Paul etwas mit Dir anfängt!"
Uri explodierte.
„Dann ist er ein Riesen-Arschloch. Wie kann er sowas nur von Paul oder mir denken?"
„Mein Sohn ist kein schlechter Mensch. Ich glaube, mit Denken hat er es momentan nicht so. Hat der Arzt nicht gesagt, dass manche Patienten bösartig werden?", sagte Merlina.
„Dann sollte er sich schnell einkriegen. So weggetreten ist er auch nicht. Er kann ja ganz normal sprechen. Fehlt nur noch, dass er mich für den Sturz verantwortlich macht!"
„Ich glaube, das tut er schon."

„Dann hätte ich ihn liegen lassen sollen. Ein Schlaganfall ist kein Grund, seinen Mann und seine Freunde so zu behandeln. Wie sollen wir ihm so helfen?"

Merlina schaute betreten.

„Vertrau mir, ich bringe ihn schon wieder auf die richtige Spur. Er ist nicht zurechnungsfähig."

18

Als Paul aufwachte, war Angelos´ Bett leer.
Er wollte sich wieder schlafen legen, als er
hinter sich eine Stimme hörte.
„Paul!"
Es war Angelos, der im Rollstuhl saß.
„Ich habe eine Frage an Dich. Glaubst Du
wirklich, dass Du mit einem Krüppel
zusammenleben willst? Dein restliches
Leben?"
„Ja. Das habe ich Dir versprochen. Habe ich
schon einmal mein Wort gebrochen?", fragte
Paul.
„Nein. Aber in einer solchen Situation wird
manches zur Makulatur!", sagte Angelos.
„Für mich nicht. Punkt! Ich pflege Dich. Und
nicht Deine Mutter!"
„Du weißt, dass ich vielleicht nie mehr Sex mit
Dir haben kann!"
„Das weiß ich. Das macht mir nichts. Deine
Achseln sind ja nicht gelähmt!"
Kurz lächelte Angelos.
„Leider werde ich nie mehr schwitzen!
Joggen kann ich nicht mehr."
„Ich werde Dich bei der Physio schon zum
Schwitzen bringen", antwortete Paul.
„Und Du fängst auch nichts mit Uri an? Ich
muss das wissen!"

„DAS WEISST DU SCHON, niemals. Habe ich nicht. Werde ich nicht. Und es ist auch unfair gegenüber Uri. Er hat Dir das Leben gerettet. Schon vergessen?"

„Nein", sagte Angelos kleinlaut.

„Ich würde Dich gerne umarmen, aber das geht ja nicht", fügte er hinzu.

„Das Selbstmitleid passt nicht zu Dir. Und Umarmen geht. Ich muss Dich nur hochheben!"

Er ging zu Angelos, packte ihn unter den Armen – und merkte, dass er schon 53 war. Es krachte im Rückenwirbelbereich. Aber er musste es jetzt schaffen. Er musste. Er wusste, Merlina sieht zu. Zähne zusammenbeißen. Er schaffte es, Angelos vorsichtig ins Bett zu legen und legte sich dazu. Er nahm Angelos fest in den Arm und küsste ihn. Sooft er konnte.

„Und Dein Geruch ist noch derselbe. Juhuu", sagte Paul.

Angelos lachte.

„Und sag nie mehr solche Dinge zu Deiner Mutter!"

„Welche Dinge?"

19

Am nächsten Morgen stand die erste große
Prüfung bevor. Das Kleinschneiden des Früh-
stücks – geschenkt. Waschen auch kein
Problem. Aber dann kam die Bettpfanne.
„Nein", sagte Angelos. Das ist zu
demütigend."
„Sie müssen, Herr Markaris. Und ein Einlauf
geht nicht. Ihr Darm muss arbeiten!", sagte
die Schwester.
„Lassen Sie mich das machen", sagte Paul.
„Ach, sind Sie Krankenpfleger?"
„Ich war Sani und habe noch ganz andere
Dinge gemacht!", sagte Paul. „Und jetzt raus
hier!"
Er schob die Decke weg und schob Angelos´
OP-Hemd nach oben.
„Ich kann es nicht, Paul. Angelos weinte.
Paul konnte es verstehen.
„Angelos, in ein paar Tagen kannst Du mit
dem Rollstuhl auf die Toilette. Es ist vielleicht
zwei – oder drei Mal. Und denke nicht mal
dran, das Essen wegzuschmeißen."
Angelos lächelte. Paul hatte seine Gedanken
gelesen.
„Und keiner kennt Deinen Körper so wie ich.
Jeden Zentimeter, besonders dort unten. Also
hoch mit dem Hintern!"

Paul schob die Pfanne unter den Hintern.

„So, und jetzt pressen! Kein Gejammer."

Angelos presste. Und es kam. Mit furchtbarem Gestank. Bei Kranken üblich. Paul kannte es von seinen Darmoperationen.

„Abdrücken. Fertig."

Paul versuchte, nicht zu würgen. Du darfst keinen Ekel zeigen.

Er drehte sich um, denn er musste Angelos noch abputzen. Auch kein Vergnügen, aber Millionen von Altenpflegern schaffen das. Dann würde er das auch können.

„Danke, Paul. Tut mir leid!"

„Den Satz will ich nicht hören. Als wärst Du freiwillig auf den Stein gefallen!"

Als Paul das Nebenzimmer betrat, fiel ihm Merlina um den Hals.

„Das hast Du gut gemacht!"

„Ich hätte gerne eine Wäscheklammer gehabt, aber das hätte Angelos noch mehr deprimiert!" Paul lächelte.

„Der Geruch eines Kranken. Dennoch: ob man jemanden liebt, zeigt sich auch daran, ob man ihm den Hintern putzt", stellte Merlina fest.

„Test bestanden", sagte Paul.

„Aber ich habe gestern gesehen, wie schwer Du es hattest, ihn zu heben. Gib es zu!"

„Ja. Mein Kreuz hat gewaltig gekracht. Aber die ersten Wochen ist Uri da. Danach kann Angelos wieder selber laufen. Wir müssen auch selber daran glauben. Klappt es nicht, bauen wir einen Treppenlift ein. Im Endeffekt müssten wir einen Bungalow bauen. Ebenerdig mit breiten Türen. Ich weiß nur nicht, wovon!"

„Da können wir Dir schon helfen", sagte Merlina.

„Kommt nicht infrage. Für meinen Mann sorge ich!"

Etwas kleinlauter ergänzte Paul: „Aber wahrscheinlich müsst ihr für mich bürgen. Mein Gehalt und seine Rente werden nicht reichen!"

Er hat alles schon durchdacht. Mein Sohn wird in guten Händen sein, dachte Merlina. Sie nahm Pauls Gesicht in ihre Hände und küsste ihn.

20

Der Patient machte leise Fortschritte. Am fünften Tag ließ sich der kleine Finger ein wenig bewegen. Nicht mehr, aber auch nicht weniger.

Mit dem Hubschrauber ging es wieder zurück nach Mykonos.

Paul und Uri waren schon tags zuvor nach Hause geflogen, um alles vorzubereiten. Sie beschlossen, das Bett ins Wohnzimmer zu schaffen und dafür ein Sofa und andere Möbel nach oben zu tragen.

Es gab auch unten eine Toilette, aber die war für den Rollstuhl zu eng. Gut, da müsste Angelos getragen werden.

Als er auf der Bahre in Kalafati eintraf, war alles fertig.

„Willkommen Zuhause, mein Großer!"

„Wow, da habt ihr aber gewaltig umgebaut. Und das mit Deinem Kreuz, Paul!"

„Welches Kreuz? Ich habe keins mehr. Der Sklaventreiber gönnte mir keine Pause!"

„Es sollte doch alles fertig sein, wenn Angelos nach Hause kommt!"

„War ein Scherz, Uri, ich bin Dir sehr dankbar", sagte Paul.

„Also dann betten wir den Herrn einmal um! Sofa oder Bett?"

„Bitte Sofa, vom Bett habe ich die Schnauze voll", sagte Angelos.

Paul setzte sich neben ihn und nahm ihn in den Arm.

„Und morgen geht es los mit Training!"

Nach dem Abendessen waren die drei Herren wie erschlagen. Man bettete Angelos um und Paul legte sich daneben.

Gepeinigt von Kreuzschmerzen, aber das war natürlich nichts im Vergleich zu den Ängsten seines Ehemannes.

„Darf ich ein bisschen kuscheln? Ich habe es so vermisst. Vielleicht habe ich ja heilende Hände", sagte Paul.

„Natürlich" sagte Angelos lächelnd.

Paul küsste ihn auf den Oberkörper.

„Sag mir, wenn Dir etwas unangenehm ist!"

„Das kann mir gar nicht unangenehm sein", flüsterte Angelos leise. Alles von unten hörte man oben deutlich und Uri sollte schlafen.

„Aber an der Brust spüre ich alles!"

„Das ist doch schon einmal was", sagte Paul.

Soll ich weiter gehen? fragte sich Paul.

Oder ist das für die erste Nacht zu viel?

Nein, beschloss Paul, und arbeitete sich nach unten. Der Bauch, auf beiden Seiten!

„Das spüre ich auch. Juhuu", sagte Angelos leise.

Dann begann Paul, ihn vorsichtig noch tiefer zu streicheln. Und er merkte, dass sich etwas rührte.

„Paul, ich weiß nicht", sagte Angelos.

„Wenn es nicht funktioniert – ich habe Angst!"

„Dann heißt das auch nichts. Vertrau mir doch einfach", entgegnete Paul.

Paul stellte fest, dass sich alles hervorragend entwickelte.

„Nun, das wäre jetzt schade, wenn man …"

„Untersteh´ Dich", sagte Angelos.

Es verlief so erfolgreich, dass sich Paul mehrmals verschluckte. Der Patient schrie fast und fing danach an zu weinen.

„Danke. Aber wie soll ich das bei Dir hinkriegen, ohne aus dem Bett zu fallen?"

„Du brauchst erstmal gar nichts machen. Hauptsache, es hat Dir gefallen. Morgen sind Deine Achseln fällig und dann habe ich meinen Spaß!"

Angelos weinte noch immer.

„Rührung oder Flashback?", fragte Paul.

„Rührung. Meine Mutter hat mir erzählt, ich wäre am ersten Tag recht hässlich zu Dir gewesen."

„Das warst Du. Aber es ist vergessen. Du warst nicht Du selbst. Entweder hatte Dich die Angst komplett im Griff oder Dein Gehirn hat tatsächlich noch gestreikt. Zweifle nie mehr

an meiner Liebe, was immer an Arbeit damit
für mich auch verbunden ist. Und jetzt schlaf.
Entspannt genug musst Du ja sein!"
Angelos lächelte.
„Oh ja!"

21

„Na, da war wohl gestern irgendein Test erfolgreich, dem Geschrei nach", meinte Uri lächelnd.

Die Herren saßen beim Frühstück. Paul schnitt Angelos das Brot klein.

„War ich so laut? War wohl die Freude!", sagte ein deutlich entspannter Angelos.

„Dafür folgt nun die Strafe", meinte Paul.

„Auf dem Programm stehen Dominosteine für die Motorik, irgendein Spiel mit Chips, die man einwerfen muss. Es lebe Amazon! Auf Mykonos hätte ich beides nicht bekommen!"

Aber es zeigte sich schnell, dass es ein steiniger Weg werden würde. Beim Stapeln der Dominosteine funktionierte nichts. Und Plastikchips in eine enge Rille werfen erst recht nicht.

„Es ist der erste Versuch, Angelos", sagte Uri.

„Dann kümmern wir uns jetzt um Bein und Arm und machen Physio! Gefolgt vom Radfahren. Und Gejammer will ich nicht hören!"

Befehlston Geheimdienst eben.

22

Zwei Wochen später gab es schon beträchtliche Fortschritte. Angelos konnte, wenn auch stark schwankend, wieder zur Toilette gehen. Es musste noch jemand nebenher gehen – Zur Sicherheit. Aber diesen Gang alleine hinter sich bringen zu können, ist für viele Kranke entscheidend. Die Toilette – ein Ort der Lebensfreude.

Paul hatte in der Toilette noch einen Haltegriff angebracht. Nur ja kein Sturz mehr. Und Angelos freute sich wie ein kleines Kind, war generell entspannter.

Paul tat alles, was er konnte. Der erzwungen einseitige Sex strengte ihn an, weil man keine Pause hat – und weil man nicht belohnt wird. Angelos hatte es wirklich versucht, aber man kann zwar mit einer Hand etwas halten, aber wie stützt man sich ab? Und auf die Knie konnte er mit den wackeligen Beinen auch nicht. Er war sofort umgefallen. Und Gerubbel mit der heilen Hand – das war kein Sex.

Also hieß die Devise: warten und keinen Frust zeigen.

Problematisch war es noch mit der Hand. Die Finger waren noch leicht gekrümmt, die Motorik gestört.

Bei der Computer-Tastatur zeigte es sich besonders. Es ging nur noch das Ein-Finger-System und leider traf Angelos oft die falsche Taste.

Arm und Hand würden noch enormen Aufwand benötigen. Der Arzt beruhigte den verzweifelten Paul, es sei ganz normal, dass es beim Arm länger dauert. Nicht nachlassen, war seine Botschaft.

In der Nacht machte sich Paul wieder ans Werk, bis er ein „Stopp" hörte und danach „Dreh´ Dich rum!"

„Großer, wenn Du herunterfällst …"

„…ist mir das egal!"

Er hangelte sich an Paul hoch, und machte dann eine Pause.

„Als ob man einen Berg besteigt", meinte Angelos. „Du musst mir etwas helfen, dann schaffe ich das! Es muss gehen!"

Einmal wäre er fast abgerutscht, Paul konnte ihn gerade noch halten.

„Zieh Dich an meinem Hals hoch, Großer!"

Er bestieg den Berg Paul noch einmal.

Und blieb oben.

Endlich spürte Paul seinen Mann wieder. Gott, hatte er das vermisst. Angelos war von unglaublicher Zärtlichkeit. Und zog es in die

Länge, als wollte er die verlorene Zeit komplett in einer Nacht wieder „einspielen"! Diesmal war es Paul, der immer wieder laut stöhnte. Uri würde sich beschweren. Egal. Sie waren wieder eins und das war wichtig!

„Ist mein alter Mann zufrieden?", fragte ein vollkommen erschöpfter Angelos.

„Oh ja. Ich liebe Dich, mehr als Du denkst!"

„Natürlich liebst Du mich. Wie könnte man jemand wie mich auch nicht lieben", sagte Angelos.

Und Paul lachte. Er würde wieder der Alte werden, „sein" Angelos.

23

Zehn Tage später erwachte Paul. Entspannt, denn auch in der letzten Nacht hatte sein Patient sich heftig an ihm abgearbeitet. Ihm wären beinahe die Tränen gekommen, denn er wusste, was es für eine Anstrengung für Angelos war. Paul hatte ihm gesagt, dass er das nicht tun müsse.
„Natürlich muss ich nicht, aber ich will", war die Antwort. Paul kannte seinen Mann. Der wollte sich schlicht bedanken. Dabei war dies gar nicht nötig. Allein die fortschreitende Gesundung des Patienten machte Paul glücklich.

Aus der Küche war Jubel und Klatschen zu hören. Paul stand auf und ging hinüber.
Er sah auf dem Tisch einen Turm Domino-Steine akkurat aufeinandergestapelt.
Angelos strahlte wie ein Kind.
„Paul, schau!"
Angelos nahm die Plastikchips und schob sie perfekt in den Schlitz. Nichts ging daneben.
Paul nahm Angelos´ Kopf in die Hand und küsste ihn.
„Du weißt gar nicht, was das für eine Erleichterung für mich ist!"

„Endlich bin ich keine Last mehr!"

„Du warst nie eine Last, Angelos. Ich hoffe, wir haben Dir dieses Gefühl nie gegeben!", sagte Paul.

„Nein. Zur Abwechslung bin jetzt ich in den Fettnapf getreten. Sorry! Aber jubeln darf ich doch?"

„Wie wäre es, wenn wir zu Dritt jubeln?", schlug Paul vor.

Und so war in Kalafati ein Riesenschrei zu hören.

„Wobei", sagte Uri, „nach Pauls Geschrei letzte Nacht war Angelos schon da gesund!"

24

Juri Popov war alles andere als zufrieden. Dabei war er Pilot, einer der einträglichsten und angesehensten Berufe der Welt. Früher flog er Air France/KLM, mit einem anständigen, aber auch angemessenen Gehalt. Dann wurde outgesourct. Ein großer Teil der Piloten wurde an eine andere Gesellschaft weiterverliehen. Wobei verliehen das falsche Wort war. Die Piloten wurden dort als Selbständige geführt, was nichts anderes bedeutete, dass sie jederzeit kündbar waren,

Keine Kranken- und Rentenversicherung mehr hatten. Man war Freiwild.

Wollte der Pilot etwas trinken, so musste er es selbst bezahlen, Snacks – etwas anderes gab es ohnehin nicht mehr – natürlich ebenso.

Alles im Namen der Kostenoptimierung, um konkurrenzfähig zu bleiben. Dabei schrieben gerade die Fluggesellschaften große Gewinne, die dieses Modell forcierten.

Popov verdiente nun so viel weniger, dass er nur noch einen Bruchteil dessen zu seiner Familie nach Bukarest schicken konnte, was er früher leisten konnte. Für seine Frau und die drei Kinder eine Katastrophe.

Und er konnte auch nicht mehr umsonst nach Hause fliegen. Die neuen Holdings flogen Ziele im Osten gar nicht mehr an.

Nun noch Ferienstrecken im Westen. Er musste einen regulären Flug nach Bukarest buchen und voll bezahlen. Da sein Flugplan keine zwei Tage Bestand hatte, konnte er keine Billig-Tickets buchen. Alles aus eigener Tasche. Da hätte er sich die Ausbildung sparen und ein Café aufmachen können. Andererseits liebte er seinen Beruf, wie wohl jeder Pilot.

Aber da sich gleichzeitig auch das Beneh-men der Gäste an Bord verschlechterte, war das Fliegen nicht mehr das Fliegen von früher.

Zwei Tage Aufenthalt an einem Ort waren die Regel in den guten, alten Zeiten.

Als Gesetze noch galten. Und die Lüge, nichts von den Einsparungen gingen zu Lasten der Sicherheit glaubte er schon lange nicht mehr. Er flog seit zwei Jahren für SOL Air – und hatte noch nie eine Maschine erwischt, bei der das Handbuch nicht mit Störungsmeldungen der Piloten überfüllt war. Und dabei handelte es sich nicht um defekte Kaffeemaschinen. Gravierender aber war die generelle Übermüdung des Personals. Popov hatte bereits einen Flug von Kairo nach Athen, von Athen nach Belgrad, von dort nach Thessaloniki hinter sich. Neun Stunden. Die Wartezeit dazwischen wurde nicht bezahlt. Und jetzt sollte er noch nach Mykonos. Ein 22-Minuten-Flug, aber das anstrengende sind Start- und Landung, die Flugzeit spielte bei der nötigen Konzentration eine eher untergeordnete Rolle.

Er und sein Co-Pilot und die Flight Attendants fühlten sich wie Zombies.

Leider war Arbeitslosigkeit keine Alternative, sonst würde er auch seine Aufenthalts-genehmigung verlieren.

Der Super-GAU. Also nahm man alle Kürzungen hin, die nichts anderes als Demütigungen waren.

Denn die Familie zuhause musste von etwas leben.

„Na, dann wollen wir mal. Hoffentlich der letzte Flug. Wer weiß, was denen sonst noch einfällt!"

„Ich kann nicht noch einen machen, ich schlafe jetzt schon fast ein", sagte der Co-Pilot.

Er hatte schon einen 8-Stunden-Flug aus Dubai hinter sich.

„Also, los, Checkliste durchgehen!"

Der Verkehr auf dem Rollweg in Athen war wie immer chaotisch. Als sie am Start waren, atmeten sie auf.

„Vektor 1"

„Rotate"

Und hoch. Zur Party Insel.

25

Im kleinen Flughafen von Mykonos stand
Miguel und wartete.
Auf seinen Freund.
Miguel hatte seit dem Tod seines früheren
Partners, der ermordet worden war.
monogam gelebt. Er hatte auch mit dem
geerbten Hotel weiß Gott genug zu tun.
Es war ein 24-Stunden-Job und er wurde ins
kalte Wasser geschmissen. Mit 24 Jahren.
Vorher war er der Barkeeper des Hotels.
Und er war ein Mörder.
Derjenige, der seinen Freund bestialisch
umbrachte, wurde von Miguel im Kranken-
zimmer erstochen.
Kommissar Pandis, damals noch hetero, hatte
alles unternommen, um den Mord zu
vertuschen und auch persönlich viel riskiert.
Aber er kam damit durch. Und Miguel blieb
frei.
Er würde es ihm nie vergessen. Er hatte ihn vor
zehn Jahren Gefängnis bewahrt. Paul sagte,
das Opfer war ein Nazi-Schwein und es sei die
gerechte Strafe gewesen.
Als Paul dann mit Angelos zusammenkam,
war Miguel vollkommen perplex. Pandis und
schwul? Undenkbar.

Sein Partner war ein Traum, zumindest Miguels Ansicht nach. Eine Schönheit und klug. Bei einem heftigen Streit zwischen den beiden, hätte er die Gelegenheit gehabt ... Aber er entschied sich zu helfen, wieder alles zu kitten.

Aber wie Paul immer sagte, Miguel war im „Angelos-Fan-Club".

Er lächelte.

Vor vier Wochen hatte sich Miguel in einen Hotelgast verliebt. In einem Gay-Hotel keine Besonderheit. Er war etwas älter – zehn Jahre -, aber Miguel wollte keinen jungen Freund. Die wollen sich nur die Hörner abstoßen. „Nicht bei mir", war sein Motto.

Pierre kam aus Paris und war bei einer Modedesigner-Firma angestellt. Was sich schon in Miguels Kleiderschrank bemerkbar machte.

Pierre war humorvoll und zärtlich, Franzose eben.

Miguel schaute auf die Anzeige und sah, dass SOL Air 453 aus Athen 30 Minuten Verspätung hatte. Bei einer Flugzeit von 22 Minuten. Nicht zu fassen.

Dann kam auch noch die Durchsage, der Flug verspäte sich „due to late arrival of the aircraft in Athens" – die Standard-Entschuldigung. Die Flugpläne waren so eng gestrickt, dass die kleinste Verspätung sich fortpflanzte und beim letzten Flug auflief. Und das war Pierres Flug.

Frustriert ging Miguel nach draußen und ging vor an die neue Außenbar, die Fraport vor zwei Jahren dort errichten ließ. Neben dem VIP-Parkplatz die einzig sichtbare Änderung am Flugplatz Mykonos. Aber es gab auch ein gravierendes Problem. Der Flughafen unterstand rechtlich dem Verteidigungsministerium und war zuerst ein Militärflughafen. Pläne wurden von hier nach dort geschoben. Jeder gab seine Meinung ab – und dann verschwanden sie in irgendeiner Schublade in Athen.

Und so wartete Miguel.
Was sind schon 30 Minuten, wenn man verliebt ist?

26

„Cabin Crew Position for Landing."
Der Kurzflug war bald vorbei. Je kürzer der
Flug, desto anstrengender für den Piloten.
Denn man steigt nicht auf 30.000 Fuß wie bei
jedem normalen Flug, um dann bei Erreichen
der Flughöhe auf Autopilot umzuschalten.
Der Pilot muss also das Flugzeug auf niedriger
Höhe selbst fliegen, sonst bekommt er die
Maschine nicht auf die Landebahn hinunter.
Aber je niedriger die Flughöhe, desto größer
die Turbulenzen. Gerade in der Ägäis, in der
windstille Tage so selten sind wie Schnee.
Mykonos ist weiß Gott kein Lieblingsflughafen
der Piloten. Die Landebahn ist zu kurz.
Auslaufzone gibt es keine. Starke Winde die
Regel und dann die gefürchteten Scher-
winde. Für übermüdete Piloten eine
Herausforderung.
SOL Air 453 hatte Landeerlaubnis. Popov
musste sogar eine Warteschleife drehen, da
Ryanair wieder mal nicht rechtzeitig die
einzige Bahn des Flughafens freimachte.
Endlich die Landefreigabe für Bahn E. Als
gäbe es eine andere, dachte Popov.
Fahrwerk raus, Flaps raus, Geschwindigkeit
runter. Eine sanfte Landung war zwar etwas

anders, aber Popov konnte auf das Klatschen verzichten. Es nervte ihn schon immer. Schubumkehr, Fußbremse, Flaps. Auf einem Flugplatz wie Mykonos muss alles drei funktionieren – die Landebahn lässt keinen Raum für Fehler.

In Reihe 22 saß Pierre und freute sich auf das Wiedersehen mit Miguel. Der Ärger über die Verspätungen von Paris und Athen war fast überstanden.

Nur noch das Gepäckband stand noch als Nervenprobe bevor.

Es gibt nämlich nur eines.

Dann bemerkte Pierre: das Flugzeug ist viel zu schnell.

27

Nicht nur Pierre, auch die Flugbegleiter wurden nervös. Das Flugzeug bremste zwar, aber zu langsam. Und alle wussten: die Bahn in Mykonos ist kurz. Schlimmer: Nur Ortskundige wissen, dass am Ende der Bahn ein kleiner Hangar steht, mit zwei Jagdflugzeugen und – großen Kerosintanks. Es wäre hilfreich, nicht mit einer vollbesetzten Passagiermaschine in diesen Hangar zu knallen.

Im Cockpit herrschte schiere Panik. Der Pilot, Popov, trat die Fußbremse bis zum Anschlag, ja, er stellte sich sogar auf die Bremse. Die Schubumkehr lief auf Touren.

Dennoch: sie waren zu schnell. Popov dachte nach: schon die Anfluggeschwindigkeit lag 20 Knoten über normal. Aber zu dem Zeitpunkt hatte er die Landung vor sich und keine Zeit, sich über Kleinigkeiten Gedanken zu machen.

„Halt an!", schrie er im Cockpit.

„Verflucht! Was ist da los?"

Das Ende der Landebahn näherte sich. Es würde nicht reichen. Sie würden in den Hangar krachen. Und ein Flugzeughangar hieß immer: in der Nähe lagern große Mengen Kerosin.

Er überlegte kurz und beschloss, die Maschine nach links zu ziehen und damit weg vom Hangar.

Doch er traf den Entschluss eine halbe Sekunde zu spät.

Die Maschine krachte seitlich in den Hangar, traf die beiden Kampfflugzeuge.

Die beiden Tragflächen lösten sich und der Rumpf des Airbusses brach in der Mitte durch.

Flug SOL 453 war in Mykonos eingetroffen.

28

Im Hause Markaris in Kalafati, knapp acht Kilometer vom Ort des Geschehens entfernt, hörte man einen dumpfen Knall.

„Was war das denn?", fragte Paul.

Krach und Lärm waren die zweiten Namen dieser Insel.

Doch wenige Sekunden später läuteten die Handys von Paul und Angelos gleichzeitig.

„Oh Gott", sagte Paul. Und meinte eigentlich „Oh Gott, warum hier und jetzt?".

Uri verstand die Aufregung nicht.

„Aber was hat ein Flugzeugabsturz mit euch zu tun? Das macht doch alles die Flugsicherheitsbehörde."

„Nicht in Griechenland. Mykonos ist ein Militärflughafen. Zuständig ist zunächst Polizei und der militärische Geheimdienst. Die Techniker kommen erst danach, wenn der Richter das Wrack freigibt", erklärte Paul.

„Polizei und militärischer Geheimdienst? Das seid dann ihr beide!"

„Leider. Uri, bitte hilf Angelos in die Uniform!"

„Aber Paul, er läuft noch viel zu schlecht!"

„Es hilft nichts. Er ist der einzig Verantwortliche des Militärs auf der Insel."

Und Paul wusste, dass Angelos mitkommen wollte. Nichts hätte ihn abbringen können. Soweit kannte er seinen Mann.

Nebenbei: In Uniform sah er nochmal zwei Klassen besser aus!

„Paul! Da oben sterben Menschen und Du schaust mir auf den Hintern!"

Paul raste von Kalafati aus Richtung Ano Mera, bog vorher links ab und sah schon die Rauchwolke. Für eine Explosion war der Rauchpilz aber zu klein und zu niedrig. Vielleicht war die Maschine nur zerschellt oder zerbrochen. Ohne Feuer und Rauch waren die Überlebenschancen am Größten. Er wusste aber auch um die Militärmaschinen und deren Tanks.

Sie erreichten den Flughafen. Uri hob die Schranke zum VIP-Parkplatz. Paul raste hinein. Alle drei stiegen aus und sprangen über den nicht allzu hohen Zaun. Paul half Angelos, der noch nicht ganz so sicher auf den Beinen war.

29

Die Szenerie war unbeschreiblich. Der nördliche Teil des Flugfeldes war von Trümmern übersät. Der ehemalige Hangar war ein einziges Knäuel aus Metall, in dessen Mitte Teile eines Flugzeugs zu erkennen war.
Paul rannte zum Tower. Am unteren Ende stand Karakis, der Leiter des Flughafens.
„Hast Du das Militär informiert? Den Notfallplan in Kraft gesetzt?"
Wie unter Trance nickte Karakis.
„Hast Du die Gates räumen lassen? Wir brauchen Räume für die Verletzten! KARAKIS!"
Aber dieser stand unter Schock. Also blieb die Arbeit an ihm hängen.
„Warum steht die Feuerwehr hier blöd herum, anstatt das Kerosin abzulöschen?"
„Sie haben Angst. Sie wollen nicht!"
Paul ging zu Angelos und Uri.
Kurz darauf ging Angelos zu den Feuerwehr-männern und sagte:
„Ihr seid in einer Minute dort hinten, oder ich sorge dafür, dass jeder einzelne von euch vor einem Kriegsgericht landet und zehn Jahre im Knast verschwindet. Verstanden?"

Es dauerte einige Sekunden, bis sie sich in Marsch setzten.

„Hast Du Karamanlis verständigt? Hier muss jemand eine Triage machen", sagte Paul zu Karakis.

„Ja." Na, immerhin.

„Angelos! Geh bitte zu den Gates und schnapp Dir das Mikro. Die Leute sollen die Gates verlassen und dann raus aus dem Flughafen. Mit Taxis zurück in ihr Hotel. Die Zimmer müssen ja noch frei sein, weil heute keine neuen Gäste mehr kommen. Die Koffer bleiben aber hier. Wann und wie sie zurück-kommen, wann ein Flug geht, sie bekommen im Hotel Bescheid. Und das in allen Sprachen, die Du kannst! Gib mir einen Kuss, bitte!"

„Zu Befehl! Wird erledigt."

Dann humpelte Angelos zum Terminal.

Jetzt zu den Verletzten. Wie sollten sie die Menge zum Terminal bringen? Mit dem EINEN Krankenwagen, den sie hatten?

Da hatte Uri eine Idee:

Wir nehmen die Gepäckwägen ohne Seiten-gitter. Paul sah sich nach einem um. Ein Zuggerät mit acht Wägen. Es standen deren drei bereit. Gott sei Dank leer.

„Kannst Du die fahren?", fragte Paul.

„Funktionieren wie ein Autoscooter. Das schaffst auch Du. Aber wir brauchen noch einen!"

Paul packte einen der Gepäckmänner und zog ihn zu dem Kleinfahrzeug.

„Los! Hinterherfahren!"

Da kam Karamanlis, Leiter der Klinik am Kreisverkehr.

„Karamanlis. Wir bringen die Verletzten zu Gate 1. Mach Du die Triage. Die Hubschrauber sind in zehn Minuten da."

Hoffentlich. Wenn sie genug Kerosin haben.

Der seltsame Zug setzte sich in Bewegung und Paul graute es vor dem Anblick. Sie näherten sich der Fläche, die mit Schaum bedeckt war. Diese Idioten hatten die Verletzten gleich miteingeschäumt. Deswegen probt man ein solches Szenario. In jedem anderen Land. Hier fehlt schlicht das Geld für eine große Übung. Wahrscheinlicher aber war, dass das Ergebnis so schockierend wäre, dass man es lieber nicht probt.

 Uri fuhr bis ganz nach hinten, wo sicher an der Bruchstelle die meisten Verletzten lägen. So mutig war Paul nicht. Er sammelte die Verletzten ein, die sich noch bewegten und setzte sie auf die kleinen Ladeflächen. Ohne die Gitter würde er sehr langsam fahren

müssen, sonst fielen die unfreiwilligen Fahr-
gäste herunter.
Dann kam er zu den ersten Schwerverletzten.
Offene Knochenbrüche. Offene Schädel-
brüche. Es kam der Flashback. Angelos
Verletzung. Der Keller in Bengasi. Wie sollte er
diesem Chaos Herr werden? Mit den wahrlich
bescheidenen Mitteln auf dieser Insel?
Kurzzeitig war er gelähmt, aber er fing sich.

30

Er erreichte mit seinem Zug Gate 1. Es war bereits vollkommen leer. Bis auf Richter Mantzaris und Dr. Karamanlis.
„Hallo, Herr Richter!"
„Karamanlis, Sie machen die Triage?"
„Klar. Die Toten kommen auf den VIP-Parkplatz!", sagte er. Ohne zu merken welche Komik in diesem Satz verborgen war.
„Angelos! Ruf bitte Kostas im Hafen an. Wir brauchen einen komplett leeren Hangar für die Wrackteile. Und ein paar Räume. Für die Flugermittler. Die kämen spätestens morgen."
Da die Maschine ein Airbus war, kam entweder ein Franzose oder ein Deutscher. Paul hoffte auf den Deutschen.
Das Englisch der Franzosen war nicht zu verstehen und außerdem sprach Angelos Deutsch. Dann käme der Verteidigungsminister, sicher auch Nikos. Ihm graute.
„Herr Markaris!", rief der Richter.
Erwartungsgemäß drehten sich Paul und Angelos herum.
„Ich meinte Sie, Paul!"
„Ihnen ist schon bewusst, dass Ihr Mann der Ranghöchste hier am Ort ist. Sie können ihn nicht so herumkommandieren", sagte der Richter streng.

„Mein Mann hatte das Kommando in der Seilbahn, dem Tretboot und in der Flugzeugtoilette. Das muss reichen!", entgegnete Paul.

Trotzdem ging Paul zu Angelos und entschuldigte sich.

„Ich bin nicht so eitel, Paul. Bisher war alles richtig. Mach einfach weiter", sagte Angelos.

Zwischenzeitlich hatte Karamanlis die Schwerverletzten an Gate 1, die mittel Verletzten bei Gate 2 und die Leichtverletzten in die Vorhalle gebracht!

„Mist! Angelos! Uri! Jeder von euch nimmt ein Gate und notiert die Namen. Bei den Schwerverletzten müsst ihr halt Papiere suchen. Eklig, ich weiß. Aber in zehn Minuten rufen Tausende von Freunden und Verwandten an und wollen wissen, wer überlebt hat. Gebt die Namen dann auch an das Rathaus durch. Die Telefonleitungen würden aber ohnehin zusammenbrechen.

Von Süden näherten sich die ersten Militärhubschrauber. Der große Vorteil eines geschlossenen Flughafens: es waren noch keine TV-Teams da. Deren Helikopter haben Flugverbot. Und mit der Fähre würde es bis 22.30 Uhr dauern. Wenn sie Glück hätten.

Karamanlis überwachte das Einladen der Schwerverletzten. So hatten Paul und Angelos ein paar Minuten Ruhe.

„Wie viele, Paul?"

„Ich war bei 23! Glimpflich, würde ich sagen. Aber nur, weil es nicht gebrannt hat."

Er hatte das Wort kaum ausgesprochen, als ein ohrenbetäubender Knall und die Druckwelle beide zu Boden warf.

Jetzt stand der ganze Hangar samt Flugzeugen in Flammen.

Aber die Verletzten waren schon im Terminal. Zwar barsten einige Scheiben, aber Glassplitter waren das geringste Problem an diesem Tag.

Die Feuerwehr rückte wieder aus, kam aber nach einer Minute wieder zurück.

„Was soll das?", fragte Angelos.

„Kein Schaum mehr."

Was für ein Land, dachte er.

So würde von den Black Boxes nichts übrigbleiben.

„Paul! Komm mal her! Schnell, bevor alles verschmort!"

Paul rannte zu Angelos.

„Schau Dir mal die eine Tragfläche an. Die, die am Boden liegt. Fällt Dir was auf?"

„Nein, Großer!"

„Schau Dir die Flaps an!"

„Die was bitte?"

„Die Flaps. Die Landeklappen. Sie sind nicht ausgefahren!"

Paul hatte davon wirklich keine Ahnung.

„Die braucht man doch nur zur Landung, oder?"

„Oh nein, man braucht sie zum Bremsen!"

„Dann lass uns zu Kasakis gehen und fragen, ob sie im Tower etwas gesehen haben!"

Hatten sie natürlich nicht.

„Und auf den Kameraaufnahmen?"

„Da könnte man es sehen, wenn die Kameras funktionieren würden."

„Dann müssen wir nach den Black Boxes schauen, Paul."

„Die sind doch längst verschmort!"

„Nein. Die sind extra für solche Szenarien konstruiert. Komm mit!"

31

„Du willst in die Flammenhölle hinein. Bist Du irre?", fragte Paul.

„Nein, vielleicht hat es die Dinger herausgeschleudert. Wenn, dann liegen sie hinter dem Hangar."

Sie machten einen großen Bogen um die Brandstelle und achteten darauf, dass sie keine nassen, kerosingetränkten Flächen betraten.

Hinter dem Hangar bot sich ein neues Bild des Grauens. Dort lagen mehrere vollkommen verbrannte Opfer. Auf Kindergröße geschrumpft.

„Fünf weitere Leichen hinter Hangar", gab Angelos durch.

Damit waren es schon 28. Und von den Schwerverletzten würden auch nicht alle überleben.

Paul übergab sich. Er fand ein Kind, das nur noch Babygröße hatte. 29.

„Paul! Dort hinten", rief Angelos.

Und tatsächlich: zwei orange-farbene Kästen lagen, wenn auch schwer beschädigt, neben einem Felsen.

„Ob die noch brauchbar sind?", fragte Paul zweifelnd.

„Auf jeden Fall. Die Daten sind mehrfach geschützt. Dann kann man auch feststellen, ob die Flaps wirklich nicht ausgefahren waren. Aber ohne Flaps hätte er zu wenig an Höhe verloren für eine Landung", sagte Angelos.

Die beiden gingen zu Richter Mantzaris und berichteten ihm von ihrem Fund und Angelos´ Beobachtung – und von den zusätzlichen Leichen. „29?"

„Um Gottes Willen. Die werden uns grillen, wenn der Fehler am Flughafen lag!"

„Wir werden ohnehin gegrillt, Kein Löschschaum in den Tanks. Keine Kameras. Und die Markierungen kann kein Pilot lesen. Obwohl das mit dem Absturz nichts zu tun hat", meinte Paul.

„Hauptsache die Boxes sind da! Jetzt können die Flugermittler kommen", sagte Angelos.

„Herr Markaris!" Und wieder drehten sich beide um.

Mantzaris lächelte.

„Dieses Mal meine ich beide. Gut gemacht. Danke!"

32

Doch es war noch nicht das Ende dieses
gruseligen Tages. Das Duo Markaris blieb vor
Ort, bis auch der letzte Verletzte abtrans-
portiert war. Angelos konnte gerade noch
verhindern, dass der indisponierte Flughafen-
direktor die Landebahn säubern ließ.
„Herrgott. Wie dämlich kann man denn sein?
Die brauchen doch die Bremsspuren!"
„Aber morgen müssen hier wieder Flugzeuge
landen!"
„Hier landet die nächsten drei Tage nichts.
Die Flugsicherung hat den Platz bis
Donnerstag gesperrt. Dann können Sie
aufräumen. Herr, gib Hirn!", fluchte Angelos.
Zwischenzeitlich waren auch Nikos und der
erste Flugermittler eingetroffen. Der machte
fast einen Luftsprung, als er von den gefun-
denen Flugschreibern erfuhr.
„Sie liegen hinter dem Hangar, sind aber
noch zu heiß!"
„Dann müssen wir sie abdecken, falls es
regnet!"
Paul lachte.
„Hier regnet es bis September nicht mehr!"
Wir haben unten im Hafen einen Hangar
leergeräumt. Morgen früh kommen Kräne

und Lastwägen. Wenn Sie Teile freigeben, transportieren wir sie dorthin. Es gibt auch zwei Büros. Flip-Charts sind schon da."

Der anwesende Generalmajor lobte die Herren, die aber so erschöpft waren, dass sie nicht mehr stehen konnten. Besonders Angelos, der erst seit zwölf Tagen überhaupt wieder laufen konnte.

„Ich glaube, ich schaffe es nicht mal in die Dusche", sagte Paul.

„Da helfe ich Dir schon", sagte Angelos und grinste.

„Oh, bitte nein. Wie kannst Du nur nach …"

„Gerade deswegen! Flashback vermeiden!"

Und plötzlich stand Miguel am Ausgang des Gates.

33

„Paul! Da ist Miguel!"

„Oh Gott. Bitte nicht! Nicht ein zweites Mal!" Er stand heulend unter der Türe.

„Ich finde ihn nicht auf den Listen. Er ist unter den Toten! Ich spüre es. Was habe ich nur getan, dass mir das ein zweites Mal passiert?" Er war untröstlich.

„Paul, check Du die Listen nochmal!", sagte Angelos. Der konnte Miguel besser trösten. Mit einem Blick zum VIP-Parkplatz, wo die Toten lagen, schickte Angelos Paul auch dorthin.

Es dauerte zehn Minuten, bis Paul wiederkam. Er sagte Angelos leise ins Ohr: „Parkplatz." Angelos führte Miguel weg von der Szenerie und brachte ihm die Nachricht bei.

Schonend ging das nie. Miguel schrie und sank auf die Knie. Angelos hielt ihn noch immer in den Armen.

„Du kommst heute mit zu uns. Keine Widerrede!"

„Ich brauche nirgendwo mehr hin. Das überstehe ich nicht auch noch. Erst Efraim, jetzt Pierre!"

Paul und Angelos brachten den paralysierten Miguel zu ihrem Auto und nahmen ihn mit nach Kalafati. Zuvor ließ er sich in der Apotheke noch eine Packung Lorazepam geben. Angesichts der Lage wollte der Apotheker kein Rezept.

Zuhause sprachen sie wenig. Uri quartierten sie um ins Thalasso. Für eine Nacht würde das gehen.

Was sagt man zu jemandem, der vor drei Stunden seinen Partner verloren hat?

Nichts. Man macht Kaffee. Verabreicht eine Tablette.

„Paul, es muss heute Nacht jemand auf ihn aufpassen!"

„Du meinst, Miguel und Du in unserem Bett. Und ich im Gästezimmer!"

Paul schaute grimmig.

„Herrgott. Es ist in erster Linie Dein Freund. Und vertraue mir doch einfach!"

„Gerade in solchen Situa ... Ach, von mir aus!"

Miguel klammerte sich die ganze Nacht an Angelos und weinte, meist leise.

Angelos streichelte ihn, sendete aber keine falschen Signale aus. Er hätte zwar liebend gern auch ein paar Stunden geschlafen. Aber es ging nun mal nicht.

Und so sahen Paul und Angelos am nächsten Morgen schwer lädiert aus.

Paul rief in Miguels Hotel an, um ihnen zu sagen, was passiert ist und dass sie die nächsten Tage Rücksicht nehmen sollten. Sonst würde er, Paul, ihnen die Hölle heiß machen.

„Miguel, gib mir ein Foto von Pierre. Dann identifiziere ich ihn!" Wenn es denn noch etwas zu identifizieren gab – das aber sagte er nicht.

„Ich kann Dir nicht sagen, was Du machen sollst. Am besten hilft Arbeit. Beschäftigung. Du kannst aber auch noch ein paar Tage bleiben!"

Was Paul aber bei aller Freundschaft nicht wollte.

„Er hat gar nichts gemacht", sagte Angelos. „Und führe mich nicht in Versuchung!", ergänzte Paul.

Um zehn Uhr gab der Richter das Wrack frei.
Ab nun waren Paul und Angelos vorläufig
außen vor. Es begann die Zeit der Luftfahrt-
behörden, die mit acht Mann vor Ort waren.
Durch den Transport der Flugzeugreste zum
Hafen, brach der gesamte Verkehr
zusammen. Da aber mit der Morgenfähre
mindestens 30 TV-Teams die Insel stürmten,
war ohnehin Land unter. Natürlich trafen
auch zahlreiche Angehörige ein, die den Ort
des Geschehens in Augenschein nehmen
wollten. Das würde Paul nie verstehen. Was
bringt es? Außer zusätzlichem Schmerz und
Grauen?
Im Rathaus war Land unter. Die OTE hatte
zusätzliche Leitungen gezogen für die Hotline
für Angehörige. Die Frauen und Männer an
den Hörern waren sichtlich überfordert. Gute
Nachrichten („Ihr Mann ist nur verletzt!"),
brachten nur kurz Erleichterung. Mit der Frage
„Wo ist er?" wurde es schon schwieriger. Die
Opfer waren über Kliniken in ganz Griechenland verteilt, mussten aber mitunter verlegt
werden. Verbrennungsopfer mussten von der
Erstversorgung auf Naxos in die Spezialklinik
gebracht werden. Und so waren die Listen

nie auf dem neuesten Stand, was nicht jeder Angehörige verstand.

Paul hatte Mitleid mit den Telefonisten. Wahrscheinlich bräuchten auch sie psychologische Betreuung. Schreien, Weinen, Fluchen und natürlich Beschimpfungen würden Spuren hinterlassen.

„Guten Tag, die Herren! Sie sind Herr Markaris?" Angelos nickte.
„Und Sie?" „Ich auch", antwortete Paul. Verwandt?"
„Nein, verheiratet!"
Die Reaktion war vollkommen unerwartet.
„Das ist schön. Ich habe meinen Partner vor vier Wochen geheiratet. Mein Name ist Polenz von der DLF, dort hinten steht Herr Berlioz von der französischen BEA und Herr Pelletier von Airbus kommt heute noch."
Sie gingen vom Eingang zum Büro.
„Ich wollte mich bedanken für die Organisation. Der Hangar und die Büros sind perfekt, wenn es die OTE noch mit den Leitungen hinkriegt. Aber die Deutsche Telekom wäre noch nicht mal da. Wollen wir uns also nicht beschweren."
Ein Deutscher mit Selbstironie? Erstaunlich.
„Dass wir nicht ewig die Black Boxes suchen mussten, war schon sehr hilfreich. Das Auslesen dauert allerdings ein paar Tage. Solange müssen wir uns gedulden. Beim Ablesen der Daten und beim Abspielen der Bänder muss der Richter anwesend sein. Ist bei uns zwar anders, aber bitte. Ich denke, es

würde sicher Sinn machen, wenn Sie beide auch dabei wären. Der Richter ist einverstanden. Liegt unter anderem daran, dass bei einem Verbrechen wieder Sie ermitteln müssten. Dann wären wir außen vor", kam Polenz endlich zum Schluss seiner Rede.

„Verbrechen?", fragte Angelos, „Bombe war es keine!"

„Nein, es gibt auch keine Sprengstoffpartikel. Alles schon untersucht.

Aber es gibt andere Möglichkeiten. Eine missglückte Entführung zum Beispiel. Ist aber alles Spekulation, würden wir über den Stimmenrekorder erfahren. Hoffentlich hat er es alles gut überstanden. Ohne Boxes ist es ungleich schwieriger."

„Was könnte das mit den Flaps bedeuten?"

„Zu dem Zeitpunkt schwer zu sagen.

Gebremst wird mit Schubumkehr, Fußbremse, den Flaps und den Spoilern. Die ersten drei werden von den Piloten bedient, die Spoiler fahren automatisch aus.

Wir müssen alle Systeme überprüfen. Hat auch nur eines nicht funktioniert, sind wir dem Rätsel näher. Wobei die Schubumkehr aktiviert war – sagt jedenfalls der Tower!"

Paul und Angelos schauten sich an.

„Dann würden wir empfehlen, sich darauf nicht zu verlassen. Ganz auf der Höhe war der Tower an dem Tag nicht!", meinte Paul.

Beim Verlassen des Hangars sagte Angelos lachend:
„Bei dem kamst nicht mal Du zu Wort!", sagte Angelos lachend.
Paul brummte noch der Kopf.
Na, Verbrechen war es wohl keines.
Da sollte er sich täuschen.

36

„Wir sollten noch bei Miguel vorbeischauen",
sagte Angelos. Paul nickte, obwohl anderer
Meinung.
Beim Hinausfahren aus dem Hafen, sah Paul
hoch zu Aris´ Autovermietung. Wie lange
hatten sie sich jetzt nicht gesehen oder
gesprochen? Drei Monate, wo sie doch sonst
alle zwei Tage irgendwo auf einen
Cappuccino saßen, meist im Da Vinci. Aber
es war Aris, der – wahrscheinlich aus
Eifersucht – wenige Wochen nach der
Hochzeit damit begonnen hatte, gegen
Angelos zu sticheln. Mit keiner seiner
Prophezeiungen – Er verlässt Dich für einen
Jüngeren! Er will Dein Geld (besonders witzig,
weil Angelos mehr Geld hatte als Paul) –
hatte Aris recht behalten. Und sich wohl
deswegen nicht mehr gerührt. Auch in
Ordnung. Erst muss er sich entschuldigen.

Angelos hielt vor Miguels Hotel.
Sie fanden ihn auf der großen Panorama-
Terrasse. Er schrubbte Fliesen. Keine adä-
quate Beschäftigung für einen Hoteldirektor.
„Ich muss irgendetwas tun. Sobald ich
anfange, nachzudenken, stürze ich ab. Ich

habe zwar noch ein paar Lorazepam, aber ich möchte nicht abhängig werden. Ich bin aber dankbar für jede Stunde Schlaf. Ich danke euch für eure Hilfe gestern. Vor allem Dir, Paul, dass Du mir Angelos für eine Nacht abgetreten hast. Du bist ein guter Tröster, Angelos!"

Paul merkte, wie ihm der Kamm schwoll. Stopp! Es ist NICHTS passiert. Ich vertraue Angelos. Und Miguel ist in Trauer und redet deswegen wirres Zeug!

„Was hast Du jetzt vor?", fragte Angelos.

„Ich denke, ich verkaufe alles und ziehe weg. Zwei Tote auf dieser Insel sind zu viel!"

„Das denke ich auch", sagte Angelos.

„Es wäre die richtige Entscheidung! Wenn Du Hilfe brauchst …"

„Danke! Vielleicht finde ich ja doch noch jemanden wie Dich", sagte Miguel und ging zurück ins Hotel.

„Da ist einer schwer verliebt in Dich!"

„Kann man es ihm verdenken?"

Und mit seinem unschuldigsten Blick nahm er dem Satz jede Arroganz.

37

„Ich glaube, und sei mir jetzt nicht böse, die letzten Tage haben Dir mehr geholfen, als die ganze Therapie!"

Angelos nickte.

„Ich laufe viel besser. Ich habe am Flughafen gar nicht darauf geachtet. Der Arm wird auch besser. Nur beim Computer funktioniert nicht viel. Ich vertippe mich laufend. Hoffentlich ist das nicht von Dauer."

„Oh Angelos, sei ein bisschen dankbar. Vor vier Wochen hast Du Dich noch als Krüppel bezeichnet."

Angelos lächelte.

„Du hast recht. Ohne Dich hätte ich es nicht geschafft. Und ohne Uri!"

Uri musste am Tag nach dem Desaster nach Hause.

„Ich werde Dir das nie vergessen. Und wenn ich am Anfang ranzig oder bösartig war, dann verzeih mir bitte. Du kannst Dir die Angst nicht vorst …"

Angelos brach den Satz gerade noch rechtzeitig ab. Erstens hatte Paul bei seiner Folterung und Vergewaltigung bestimmt nicht weniger Angst gehabt. Und er hatte sicher nach dem Schlaganfall die gleiche Sorge um mich wie ich selber.

„Das war jetzt blöd. Ich weiß um die Ängste, die Du meinetwegen durchstehen musst. Und zwar dauernd. Aber ich finde, es lohnt sich. Schließlich bin ich unverschämt gutaussehend und außergewöhnlich klug!"

Der Satz in Verbindung mit Angelos´ breitestem Lächeln brachte Paul dazu, lauthals loszulachen.

„Aber wenn Du jetzt nicht mehr joggen gehst, wo kommt dann zukünftig der Schweiß her?"

Angelos lächelte.

„Ich kenne doch meinen Mann! Deswegen habe ich gestern ein Laufband bestellt!"

38

Derweil untersuchten die Techniker die Wrackteile im Hangar des Hafens. Die Fernsehteams belagerten noch immer den Flughafen – und verzapften unsäglichen Blödsinn.

„Einen Anschlag könne man nicht ausschließen" – doch, der war längst ausgeschlossen. Die Zahl der Verletzten variierte von 12 bis hin zu 43. Und beide Zahlen hatten sich die Reporter schlicht ausgedacht. Polenz hatte Paul gesagt, dass es in der Regel 6 Monate bis zur endgültigen Klärung dauert, da alles auf den Prüfstand kommt. Die Wartungsfirmen werden inspiziert, zur Not selbst die Flugschulen.

In einer Zeit, in der die Aufmerksamkeitsspanne kürzer als das Leben einer Amöbe ist, würde in sechs Monaten jeder fragen: „Es gab ein Unglück auf Mykonos? So? Und die 29 Toten waren längst kollektiv aus dem Gedächtnis der Öffentlichkeit gestrichen.

„Das interessiert uns nicht. Wir wollen Fehler in der Technik oder der Wartung ausschließen, um zukünftig Unglücke zu vermeiden. Oder Fehler bei der Ausbildung. Oder Missstände an Flughäfen", sagte Polenz.

„Da gibt es hier einiges", sagte Paul leise.
„Fängt mit dem Chef an. Der hat an dem Tag
vollkommen versagt. Und der blöde Militär-
hangar gehört dorthin, wo der Parkplatz ist
und nicht ans Ende einer ohnehin kurzen
Landebahn. Ein Schwachsinn!"
„Sie haben recht. Aber glauben Sie mir,
Schwachsinn beim Bau oder Betrieb eines
Flughafens finden Sie fast überall. Auch bei
uns!" Damit meinte er Deutschland.
Nach Selbstironie jetzt auch noch Selbstkritik?
Erstaunlich.
„Wie weit seid ihr mit den technischen
Daten?"
„Ich dürfte zwar ohne den Richter nichts
sagen, aber die Flaps waren im Anflug
ausgefahren, aber nach der Landung sofort
eingezogen. Das macht kein Pilot. Und die
Schubumkehr war zwar aktiviert, wurde aber
nach wenigen Sekunden ausgeschaltet. Und
nur mit der Fußbremse und den Spoilern?
Keine Chance, rechtzeitig zu bremsen! Das ist
alles mysteriös. Meist bringt aber der Voice
Recorder die Aufklärung, dann hört man
auch die automatischen Fehlermeldungen.
Die CDs mit den Aufnahmen kommen mit der
13.30 Uhr-Maschine. Funktionieren sie, wird
der Richter einen Termin ansetzen – ich
denke, noch heute Abend. Wenn Sie, Herr

Markaris, und Herr, ach, Sie sind ja verheiratet. Jedenfalls sollten Sie hier sein. Es geht ja auch um die Beobachtung Ihres Mannes. Er hatte ja tatsächlich recht!"

Ja, dachte Paul. Mein Mann ist „unglaublich attraktiv und sehr klug", wie Angelos über sich selber immer sagte.

Leider fehlte der übliche Gesichtsausdruck, immer von der Sorte, als hätte er eine Selbstverständlichkeit von sich gegeben.

39

Zuhause angekommen, waren die Möbel wieder umgeräumt.

„Wie hast Du das gemacht?", fragte Paul.

„Miguel hat mir zwei Mann geschickt. Ich wollte Dich überraschen. Und Dein Kreuz schonen!"

Kurzer Moment des Überlegens: Soll ich jetzt sauer sein? War Miguel selber da … Nein, das durfte er jetzt nicht denken, aber es war schon zu spät.

„Nein, Paul, Miguel war nicht dabei", und feixte, weil er wieder einmal Pauls Gedanken gelesen hatte. Was diesen immer maßlos ärgerte.

Wer möchte schon berechenbar sein?

„Mein Mann, das offene Buch!"

„Irgendwann erschlage ich Dich!"

„Aber bitte nicht ins Gesicht. Die Nachwelt soll sehen, dass ich ein gut …"

„STOPP! Ich habe es begriffen. Du Schönheit, ich alter Knacker."

Angelos lachte und legte seine Arme um Paul herum. Er leckte ihm die Ohren, was diesen schon immer zur Raserei brachte.

„Möchte mein Traummann mit seinem genesenen Patienten unter die Dusche? Ich gehe vorher auch 20 Minuten auf das Laufband."

Deswegen standen also die Kartons vor der Türe.

„Na los. Worauf wartest Du?", fragte Paul.

Er würde die 20 Minuten nur schwer warten können.

Dieser Geruch! Paul war eindeutig süchtig.

„Es ist das erste Mal seit …"

„… drei Monaten und vier Tagen", flüsterte Angelos.

„Du hast mitgezählt?", fragte Paul.

„Natürlich. All die Tage, die ich meinen Mann nicht hatte. Den ich über alles liebe und dem ich zu verdanken habe, dass ich noch lebe."

Dann folgte eine kleine Pause.

„Ich hoffe, Du bist auch mit mir zufrieden. Ich mache Fehler, dumme Fehler. Du bist kein nachtragender Mensch, sonst würdest Du mich schon längst entsorgt haben."

„Ach Angelos, Dir kann ich gar nichts länger krummnehmen. Dafür bist Du zu – nein, ich sage es jetzt nicht!"

„Wenn Du es sagst, darfst Du meine Achseln lecken!"

Das Wasser war noch aus.

„Das ist jetzt fies", schmollte Paul, bevor er lächelte.

„Du bist schön, zärtlich, Du hast Empathie, bist schlau und am Wichtigsten: humorvoll und witzig, Und Du riechst wie ein Gott. Weißt Du, dass ich – als Du in Bengasi warst – täglich an Deinen Klamotten gerochen habe? Krank, ich weiß, aber dadurch war ich Dir nahe!" Angelos lächelte.

„Im Ernst: es ist ein schönes Zeichen für Liebe!"

„Weißt Du, dass ich manchmal an den ersten Tag denke, an dem ich Dich gesehen habe? Damals als Nikos´ Agent beim Morgenröte-Fall. Ich habe gesehen: ein hübsches Gesicht und einen gutgebauten Körper. Aber ich habe Dich damals als Hetero-Mann betrachtet. Und ich mochte Dich sofort. Wann ist das bei mir gekippt? Und warum? Ist doch seltsam."

„Bei mir war es einfacher. Ich habe Dich gesehen, gewusst, dass Du ein verkappter Schwuler bist und mich innerhalb von zehn Minuten in Dich verliebt. Nur habe ich mich nicht getraut, es zu sagen oder etwas zu unternehmen. Ich war feige. Ich war ein junger Nichts, der kurz zuvor vergewaltigt wurde. So jemand wie Du würde sich niemals mit mir einlassen. Ich bin drei Monate durch meine Wohnung getigert, am Überlegen, ob und wie ich es probieren sollte. Wie oft saß ich am Internet und wollte einen Flug buchen und habe mich dann nicht getraut."

„Als Du dann da warst, hatte ich nach zehn Sekunden Deine Zunge im Hals", sagte Paul lachend. „Und ich war Dir unglaublich dankbar. Bin ich heute noch!"

Nach einer kurzen Pause kam die Frage: „Wärst Du wirklich bei mir geblieben, wenn ich im Rollstuhl … und auch nicht mehr gekonnt hätte? Bitte sei jetzt nicht sauer!"

„Nein. Ich habe nicht begriffen, dass Du Dir diese Frage stellen musstest. Es war eine existentielle Frage. Aber Du hättest die Antwort kennen müssen! Dein mangelndes Vertrauen hat mich verletzt. Jedes Versprechen, das ich gebe, gilt. Das solltest Du inzwischen gelernt haben!"

„Du hättest den Rest Deines Lebens auf Sex verzichtet?", fragte Angelos.

„Großer, zu Zärtlichkeit wärst Du trotzdem fähig gewesen. Die Ohren zu lecken, neben mir zu liegen. Mich im Arm zu halten. All das wäre auch mit einem Arm und einem Bein gegangen. Ja, ich habe mir schon überlegt, ob das ausreicht. Und die Antwort lautete eindeutig ‚Ja' Es hätte mir gereicht. Aber selbst, wenn die Antwort ‚Nein' gelautet hätte, Dich verlassen war zu keiner Zeit eine

Option. Selbst im Rollstuhl hättest Du mein Leben immer noch bereichert!"
Und da endlich packte es Angelos. Er weinte und begann, Paul heftig zu küssen.
„Und jetzt bitte die Achseln!"
Beide lachten.
Und waren restlos glücklich.

40

Im Hangar saßen alle bereit. Richter Mantzaris, zwei Militärs, die Flugermittler und Paul und Angelos.

„Die Aufnahmen hat bisher niemand gehört, oder? Sie garantieren mir das?"

„Wie Sie es angeordnet haben", sagte Polenz.

„Gut. Zunächst erzählen Sie uns, was der Flugdatenschreiber ausgespuckt hat."

„Ausgespuckt" empfand Polenz als doch sehr legere Ausdrucksweise für einen Richter. Aber es war ja auch ein griechischer Richter und Mantzaris war ohnehin ein spezieller Fall.

„Das mache ich gerne. Aber ich muss dazusagen, dass manches erst klar wird, wenn man die Daten synchron betrachtet. Ich erkläre später, was ich damit meine." Polenz ging zum Flipchart und startete dann die CD mit seinen ersten Ergebnissen.

„Die Auswertung des Flugdatenschreibers ergab, dass es kein technisches Versagen an Bord des Airbusses gab. Die Systeme arbeiteten vom Start an vollkommen normal. Abweichend von der Norm war lediglich die zu hohe Anfluggeschwindigkeit. 20 Knoten schneller als üblich."

„Das bedeutet, dass die Maschine bei der Landung zu schnell war, richtig? Und deswegen konnte sie auch nicht bremsen!", unterbrach ihn Mantzaris.

„So einfach ist es nicht. Tatsache ist, dass die Flaps nicht komplett ausgefahren waren, auf 1000 Fuß Höhe waren sie es dann plötzlich."

„1000 Fuß sind wie viele Meter?", fragte Mantzaris.

„Ungefähr 330 Meter", antwortete Polenz.

„Gut. Weiter. Interessant wurde es nach dem Aufsetzen. Die Flaps fuhren viel zu früh ein, gebremst haben nur die Spoiler und die Fußbremse. Die Schubumkehr wurde zwar aktiviert, aber nach vier Sekunden auf Leerlauf umgestellt. Dadurch konnte das Flugzeug definitiv nicht mehr rechtzeitig abgebremst werden und knallte in den Hangar."

„Kann sich die Schubumkehr aufgrund eines technischen Defekts selbst abgestellt haben?", fragte Angelos.

„Gute Frage, Herr Markaris. Es gab tatsächlich einen solchen Fall 1991. Bei einer Maschine der Lauda Air hat sich die Umkehr während des Fluges aktiviert und das Flugzeug praktisch zerrissen. 285 Tote. Das Ganze passierte über Thailand. Danach sind aber alle Flugzeuge nachgerüstet worden. Unsere

Maschine war zwar schon 15 Jahre alt, aber bei Flugzeugen spielt das Alter keine große Rolle. Vorausgesetzt natürlich, es wird anständig gewartet. Sie hatte jedenfalls die entsprechende Sperre."

„Könnte die versagt haben?", fragte der Richter.

„Nein!"

„Heißt, sie wurde manuell auf Leerlauf gestellt?", fragte Angelos.

Es war die Frage der Fragen.

„Es hat den Anschein."

„Und bei den Flaps das gleiche? Manuell bedient?"

„Wahrscheinlich. Wissen Sie, wir können nur feststellen, dass sich Daten verändern. Wir überprüfen ein technisches Versagen, kann man dies ausschließen, landet man bei einem Bedienungsfehler, also menschlichem Versagen."

„Paul, Du weißt, was das alles jetzt schon bedeutet. Es war kein Absturz, sondern ein Verbrechen!", sagte Angelos leise.

Aber noch war Paul nicht überzeugt.

„Aber das Umlegen dieses großen Hebels kann doch kein Versehen sein", sagte Angelos.

„Eigentlich nicht. Ausgenommen ein komplet-
ter Black-out."

Polenz ging zum Gerät und tauschte die CD.

„Auf dem Voice-Recorder sind die
Gespräche der letzten 30 Minuten im Cockpit
gespeichert. Da der Flug sehr kurz war, ist
alles aufgezeichnet. Ich lasse die Aufnahme
laufen, bis zu den Stellen, die ich für relevant
halte. Dass ich sie von Anfang an laufen
lasse, hat seinen Grund. Es gibt Aufschluss
darüber, wie die Stimmung im Cockpit war,
die Verständigung und ob schon im Flug
irgendwelche Warnmeldungen kamen."

Die Vorführung begann mit dem Start in
Athen.

Es folgten Gespräche zwischen beiden
Piloten über ihre Müdigkeit.

Polenz stoppte.

„Wir haben die Unterlagen von der Fluggesellschaft. Beide Piloten waren zu lange im
Einsatz. Sie hätten gar nicht mehr fliegen
dürfen. Wir haben dies bereits nach Brüssel
gemeldet. Der Fluggesellschaft sollten die
Start- und Landerechte unverzüglich ent-
zogen werden! Der Co-Pilot kam eine Stunde
vorher erst von einem 8-Stunden-Flug aus
Dubai. Als Pilot! Da dachte man wohl, da
kann er die 30 Minuten nach Mykonos noch
als Co-Pilot fliegen. Aber machen wir uns

nichts vor. Das passiert auch bei großen Gesellschaften. Schuld sind wir alle selber, weil wir nicht begreifen, dass Sicherheit Geld kostet. Wir wollen für 29 Euro überall hin", sagte Polenz fast resignierend.

Er ließ weiterlaufen bis kurz vor der Landung.
„Cabin Crew Landing Position."
„Flaps ausgefahren". Es war die Stimme des Co-Piloten.
„Stopp"
An der Stelle sieht man, dass die Flaps zwar ausgefahren wurden, sich die Maschine verlangsamt. Sie wird aber wieder schneller, weil die Flaps wieder eingefahren wurden. Das könnte noch ein technischer Fehler sein. Was hieß: in der Folge käme etwas, was garantiert nichts mit der Technik zu tun hat. Man hörte das Aufsetzen der Maschine und das Aufheulen der Schubumkehr. Nach 3,2 Sekunden aber verstummte sie.
Dann hörte man den Piloten.
„Was zum Teufel ist da los? Wir werden nicht langs … Was machst Du da?"
Dann kam der Moment, als der Airbus in den Hangar knallte.

„Na? Was denkst Du nun?", fragte Angelos.

„Dass ich explodieren könnte. Nun hab ich auch noch einen Flugzeugabsturz an der Backe. Nicht, dass abgetrennte Köpfe oder explodierende Fähren nicht schon gereicht hätten", knurrte Paul.

„Ja, aber jetzt sind wir zu zweit!"

„Stimmt. Entschuldige."

41

Richter Mantzaris saß minutenlang stumm da.
„Ihr Verdacht richtet sich also gegen einen
der Piloten. Genauer gegen den Co-Piloten.
Aber warum sollte er so etwas tun?"
„Das herauszufinden, ist nicht unsere Auf-
gabe. Das ist nun eine Ermittlung für die
Kriminalpolizei. Die Fakten sind eindeutig. Sie
haben es ja gehört."
„Aber ein ‚Was machst Du da?‘, ist noch kein
Beweis. Es könnte noch immer ein Bedie-
nungsfehler sein, der dem Piloten auffiel."
„Ja. Theoretisch. Aber selbst das wäre Ihre
Sache. Es gibt kein technisches Versagen,
das ist Fakt!"
Mantzaris stand auf und ging zu Paul und
Angelos.
„Ihr wisst, was das heißt?"
Beide nickten.
„Wie lange können wir das vor der Presse
zurückhalten? Wenn es nämlich raus ist, wird
uns keiner irgendeine Auskunft geben", sagte
der Richter zu Polenz.
„Wenn alle hier im Raum dichthalten, eine
Woche. Dann müssen wir eine PK geben!",
war Polenz´ Antwort.

„Haben Sie wenigstens alles über die Piloten?"

„Ja, wir haben uns die Personalunterlagen schicken lassen. Aber ehrlich gesagt, wäre es bei diesen Holdings nicht ungewöhnlich, wenn die Papiere nicht in Ordnung wären. Wir hatten schon Piloten, die hatten nicht mal einen Flugschein, war alles gefälscht."

Mantzaris verdrehte die Augen.

„Und wo kommen diese Helden her?"

„Äh", Polenz stöberte in den Akten.

„Einer aus Moldawien, der andere aus Rumänien."

„Glück gehabt", sagte Paul, „hätte auch ein Mongole sein können."

Der Zynismus tropfte auf den Hallenboden.

42

„Hören Sie, Polenz! Wir brauchen schon ein bisschen mehr als die paar Zettel. Die sind beide erst vor zwei Jahren zu der Fluggesellschaft gekommen. Die müssen vorher ja für jemand anders geflogen sein.
Hoffentlich nicht für Air Sibiria", sagte Angelos.
„Keine Sorge. Beide kamen von Air France/KLM. Die Akten sind angefordert. Sobald sie da sind, bekommen Sie sie. Darf ich Ihnen noch einen Hinweis geben? Oder besser: eine Vermutung? Schauen Sie sich mal den Fall ‚Germanwings' an."
Sprach´s, gab Paul und Angelos die CDs und Papiere und verschwand in seinem Büro.
„Und was machen wir mit den Wrackteilen?"
„Zum Schrotthändler. Die Fluggesellschaft wird sie nicht wollen. Natürlich können Sie denen eine Rechnung schicken. Aber dann gründen die einfach eine neue Holding!"
Paul hätte ihn erschlagen können.
„Wir kippen das ganze Zeug bei Nacht in das Meer. Basta. Soll mich Greenpeace doch verklagen. Kerosin ist ohnehin keines mehr darin!"

43

„Wir brauchen Nikos, Paul. Wenn wir nach Rumänien oder Moldawien müssten – und da bin ich mir sicher -, brauchen wir seine Rückendeckung", meinte Angelos zurecht.
Die Herren Markaris saßen wieder in Kalafati am Küchentisch.
Paul kochte noch immer, weil man ihnen den Fall aufgehalst hatte.
„Du hast recht. Aber unter keinen Umständen fährst Du alleine. So gesund bist Du noch nicht. Und Moldawien klingt alles andere als sicher. Keine Widerrede!"
„Hörst Du eine Widerrede? Richter Mantzaris würde ohnehin darauf bestehen, dass Du mitkommst. Natürlich verbunden mit dem Hinweis, dass wir nicht auf der Toilette …", sagte Angelos lachend.

„Gut. Also nach Athen. Per Schiff oder Flugzeug?"
Paul bekam erneut Bluthochdruck. Er wurde schon in einer Badewanne seekrank. Eine Fünf-Stunden-Fahrt per Fähre würde er nicht überleben. Dann lieber abstürzen.

Der Flughafen war mittlerweile wieder in Betrieb und gesäubert. Wo vier Tage vorher noch Blutlachen zu sehen waren, glänzte nun der Boden. Selbst den zerstörten Hangar hatte man schon abgetragen. Der Bericht würde eine Verlängerung der Bahn empfehlen. Dieser Vorschlag wurde schon vor 30 Jahren gemacht – und nie in Angriff genommen.

Die Herren kamen heil in Athen an und begaben sich in Nikos´ Büro.

Paul war etwas seltsam zumute, denn er wusste nicht, ob Nikos ihm zwischenzeitlich verziehen hatte, dass er ihn mit einem Taser „behandelt" hatte. Offiziell ein Versehen, war es Pauls Strafe dafür, dass Nikos Angelos nach Beirut geschickt hatte – und damit fast in den Tod. Da waren ein paar Minuten Muskelkrämpfe weiß Gott kein adäquater Ausgleich.

„Angelos! Was bin ich froh, dass Du wieder gesund bist!"

Nikos schien Angelos gar nicht mehr loslassen zu wollen.

Zu Paul sagte er nur: „Muss ich Dich nach Waffen durchsuchen?"

„Nein. Und Angelos ist alles andere als gesund!"

„Den Berichten nach hat er bei dem Absturz hervorragend gearbeitet! Zusammen mit Dir natürlich" Letzteres knurrte Nikos nur leise.
Er war also nachtragend.
„Richter Mantzaris …", begann Paul,
„…hat mich schon angerufen. Ich weiß Bescheid. Ich muss euch beide losschicken. Er meinte allerdings auch, wir sollten vorher die Toilette im Flugzeug absperren."
Angelos lachte lauthals, Paul war es immer noch peinlich.
„Ich schwöre euch, wenn ihr in Moldawien eine ähnliche Nummer – im wahrsten Sinne des Wortes – abzieht, lasse ich euch dort schmoren. Die Hosen bleiben oben!"
„Gilt das auch für unser Hotelzimmer?", fragte Angelos.
„Reiz mich nicht!"
Nikos ging zurück zu seinem Schreibtisch und wühlte in Papieren.
„Normalerweise müssten wir die rumänische Polizei und Interpol einschalten. Aber ich befürchte, dass in Bukarest und in … weiß der Gott wie …"
„Chisinau", sagte Angelos. „Aber danke für den ‚Gott'!"
Nikos funkelte Angelos an.
„Jedenfalls traue ich denen nicht. Da aber 16 der Opfer Griechen waren, macht mir die

Regierung Druck und die Medien. Also fahrt ihr dort runter, aber ohne jede Rückendeckung. Zumindest Interpol kann ich vorwarnen, wenn eine Anfrage kommt. Aber dann ist es eh zu spät, weil ihr dann schon im Gefängnis sitzt, wenn die nachfragen. Wahrscheinlich wegen Vögelns in einer Straßenbahn. Die fehlt doch noch in eurer Sammlung!"

„Danke für den Tipp!", sagte Angelos fröhlich. Ihn brachten solche Spitzen nicht aus der Ruhe. Wenn ich das nur auch hinbekommen würde, dachte Paul.

„Es bleiben euch im Grunde genommen nur die Angehörigen, das Umfeld und vor allem die Ärzte. Wie ihr aber an die medizinischen Unterlagen kommen wollt, weiß ich nicht. Bitte kein Einbruch, verstanden? Ich will keinen diplomatischen
Zwischenfall, sonst gibt es bei euch auch einen Zwischenfall. Die Unterlagen über ‚Germanwings' bekommt ihr von Maria im Vorzimmer. Aber Parallelen sehe ich nicht viel. Müsst ihr herausfinden. Um es auszuschließen braucht ihr aber medizinische Befunde!"

„Kriegen wir erste Klasse? Ich kann das Bein noch nicht schmerzfrei beugen!", fragte Angelos.

Nikos lächelte.

„Ich bin mir sicher, in eurem Bett geht das Beugen ganz hervorragend. Aber von mir aus. Und jetzt raus, bevor ich es mir anders überlege!"

Draußen schaute Paul Angelos ganz verdattert an.

„Wie machst Du das immer? Rotzfrech und bekommt trotzdem immer alles!"

„Der Vorteil eines schönen Gesichtes und einem unwiderstehlichen Lächeln!"

44

Paul war alles andere als Rassist. Er hatte die rechtsradikalen Morgenrötler auf Mykonos praktisch ausradiert. Zwei hatte er selbst erschossen, als sie Angelos töten wollten, einer wurde von Miguel ins Jenseits befördert und der vierte ging auf das Konto der Polizei auf Zypern.

Dennoch fühlte er sich bei Reisen in den ehemaligen Ostblock immer unwohl, obwohl direkt neben Griechenland gelegen, lehnt jeder Grieche die räumliche Zuordnung zum Balkan brüsk ab.

Zumindest die Korruption ist bei uns aber tiefster Balkan, dachte Paul.

Und auch die Mitpassagiere flößten ihm kein Vertrauen ein.

Jeden zweiten hätte er präventiv gerne festgenommen: Grund: suspekter Gesichtsausdruck.

Bukarest mag ja noch gehen, aber Moldawien?

Angelos lag ausgestreckt neben ihm und schlief. Die erste Klasse hatte zweifellos etwas für sich.

In Otopeni gelandet, war schon die Suche nach einem Taxi kaum zu ertragen. Und sie brauchten noch ein Hotel. Nikos hatte für sie das „Sofitel" gebucht. Aber weder Paul noch Angelos würden jemals wieder in einem „Sofitel" absteigen – nicht nach den alptraumhaften Erlebnissen in Beirut.

„Wir könnten auch die Straßenbahn nehmen", sagte Angelos und lachte. Paul auch. Noch ein Grund, wenn nicht vielleicht der wichtigste, warum er Angelos liebte: Er brachte ihn immer wieder zum Lachen. Grundvoraussetzung für jede Beziehung. Ohne Humor hält es nicht.

Im Hotel Mercure lagen Paul und Angelos auf dem Bett und studierten die Unterlagen des „Germanwings"- Unglücks.
„Unfassbar. Steuert ein Flugzeug in einen Berg, weil er depressiv war. Wenn man sich schon umbringen muss, kann man das Zuhause machen und reißt nicht 150 weitere Menschen mit in den Tod. Was für ein Arschloch!", sagte Angelos.
„Sei nicht so gefühllos. Im Prinzip hast Du recht, aber Du weißt nicht, wie er selber gelitten hat."
„Es war der Co-Pilot, richtig?"
„Ja. Den Piloten hat er ausgesperrt!", sagte Paul. „Aber bei uns war der Pilot an seinem

Platz. Unwahrscheinlich, dass der überhaupt nichts bemerkt hat!"

„Muss aber so gewesen sein, sonst hätte er nicht gefragt ‚Was machst du?'" Er hat also schon etwas bemerkt, aber zu spät", erwiderte Angelos.

„Deine These ist also: der Co-Pilot hat den Crash absichtlich herbeigeführt? Und darauf spekuliert, dass der Kapitän es nicht merkt?" Paul schaute mehr als skeptisch.

„Schau Dir mal die Bilder an. Der Pilot ist relativ schmächtig. Schau Dir die Arme an. Dünn. Der Co-Pilot, schau, viel kräftiger, vor allem die Oberarme. Drückt der Co-Pilot den Regler nach hinten, schafft es der Kapitän nicht, ihn wieder nach vorne zu bringen. Niemals. Und nach 5 Sekunden war es dann ohnehin vorbei."

Paul schaute sich die Bilder der Piloten an. Und er erkannte, dass Angelos vollkommen recht hatte. Bei einem Kampf hätte der Co-Pilot den Kapitän sofort ausschalten können.

„Und, Paul, vergiss nicht, dass der Mann völlig arglos war. Ihm blieb nur die Verblüffung – und das war´s."

Damit war auch klar, dass sie hier in Bukarest am falschen Ort waren. Denn nach Angelos These – und es war mehr als das – würde ihnen die Pilotenwitwe nichts Erhellendes sagen können.

Sie müssten nach Chisinau.

Und das wollte Paul vermeiden.

Paul zweifelte wieder einmal an sich selber.

So etwas musste ihm doch auch auffallen. Beginnende Demenz? Mit 53? Wohl etwas früh. Oder ein anderer Grund:

„Ich gebe mich geschlagen. Du bist intelligenter als ich. Und ich meine das ganz ehrlich."

Angelos schüttelte den Kopf.

„Nein. Was mir entgeht, fällt Dir auf. Was Dir durchrutscht, sehe ich. So ist das bei einem guten Team!"

Und das war eine charmante Antwort, für die Paul ihn hätte küssen wollen. Angelos hätte sich auch als Pfau aufblasen können.

Allein, er hat es nicht.

„Du bist der einzige Mensch, der nach einem Schlaganfall klüger geworden ist."

„Ich hätte gerne darauf verzichtet", sagte Angelos.

Mist. Paul, Du Trampel.

„Manchmal geht Dein Humor ein paar Grad daneben, aber das war einer der Dinge, die mich an Dir fasziniert haben.

Die Fähigkeit, ohne böse Absicht in einen Fettnapf zu treten. Und dann hinterher darüber gemeinsam lachen zu können"
„Entschuldige, es ist so, wie Du sagst, manchmal plappere ich los, ohne vorher nachzudenken, ob man es falsch verstehen könnte.
Bösartigkeit ist es auf jeden Fall nie!"
„Das weiß ich doch. Und bleib doch bitte so, wie Du bist. Das macht das Leben so viel lustiger!"
Angelos lächelte.
Und Paul schmolz wieder dahin. Es hat sich nichts verändert seit dem ersten Tag.

Ich liebe meinen Mann.

45

„Wir sollten gleich weiter, Paul!"

„Das können wir nicht. Liegen wir verkehrt, so müssen wir wieder hierher zurück. Nikos bringt uns um", war Pauls Antwort.

Aber er wusste, dass Angelos recht hatte.

Sie suchten die Witwe des Piloten auf. Sie wohnte – wie viele Piloten – nicht weit vom Flughafen Otopeni entfernt und direkt neben der Autobahn nach Pitesti. Oder besser auf der Autobahn. Den Wohnblock setzte man direkt neben den dünnen Streifen, der wohl einen Standstreifen darstellen soll.

„Bitte rede Du, ich kann es nicht mit Trauernden", sagte Paul.

„Huhaha. Ich denke nur an die alte jüdische Frau, wie hieß sie noch?"

„Goldberg", brummte Paul.

„Genau. ‚Ihrer Leiche geht es gut. Sie liegt im Rathaus im Kühlschrank!'"

Darüber konnte Angelos noch immer lachen, Paul weniger. Er hatte die arme Frau damals ins Krankenhaus gebracht und war eher in ein Fettbassin gesprungen, denn in einen Napf getreten.

Aber Angelos übernahm das Gespräch und es ergab – wie erwartet: nichts. Familiär, finanziell und medizinisch schien der Pilot sauber zu sein.

„Pflicht erfüllt. Auf nach Chisi ... wie auch immer!", sagte Paul.

Und der Flug nach Moldawien war wie eine Reise durch den Zeittunnel. Pure Sowjetunion und das noch dazu ziemlich heruntergekommen.

Ähnlich sah das Hotelzimmer aus.

„Was um Gottes Willen tun wir hier?", fragte Paul, nachdem er entdeckt hatte, dass es Mäuse im Zimmer gab.

„Keine Sorge, ich beschütze Dich bei einem koordinierten Mausangriff", sagte Angelos.

„Mein Held", knurrte Paul.

„Nun lach doch mal. Vielleicht funktioniert ja die Dusche", sagte Angelos grinsend.

Und sie funktionierte.

So war Hauptkommissar Paul Markaris 30 Minuten später wie verwandelt. Gut gelaunt und wie in Watte gepackt.

„Mein Gott. Du solltest wirklich in Therapie. Du bist eindeutig süchtig!"

„Und wer ist schuld?"

46

Floriana Onica, die Frau des Co-Piloten wohnte in einem erbärmlichen Häuschen zehn Kilometer außerhalb von Chisinau. Nein, es war eher eine größere Hütte. Mit Span-platten teilweise verkleidet, offensichtlich, um Löcher zu verdecken oder auszufüllen. Das Kabelknäuel an dem Außentor zeigte deutlich, dass hier illegal Strom abgezapft wurde. Und das wohl vom gesamten Viertel. Das war definitiv kein adäquater Wohnsitz für einen Piloten, selbst wenn er für eine Billig-Linie fliegt. Da musste irgendetwas nicht stimmen.

Spätestens als die Türe geöffnet wurde, war Paul und Angelos alles klar. Florianas Gesicht war voller frischer Tränen. Der Tod ihres Gatten vor nunmehr neun Tagen konnte der Grund nicht sein. Die Folge der Beerdigung auch nicht, denn die Leiche war noch gar nicht freigegeben. Und sie war auch nur noch ein schwarzer Klumpen. Das Cockpit samt Inhalt war komplett verbrannt.

Nein, die Tränen hatten einen aktuellen Anlass.

„Guten Tag, Frau Onica. Mein Name ist Markaris, ich und mein Kollege sind von

Interpol und möchten Ihnen gerne ein paar Fragen stellen", sagte Angelos.

„Reine Routine. Bei Flugzeugabstürzen werden die Angehörigen immer befragt. Ist Ihnen Russisch lieber?"

„Da" war die knappe Antwort – ja. In Moldawien stellen die Russen 40% der Bevölkerung – und der Rest sprach Russisch als Umgangssprache.

Sie ließ die beiden ins Haus oder besser in das eine Zimmer, in dem alles stand: Bett, Schrank, Herd, Esstisch! Und es war dreckig. Aber Paul und Angelos waren drin – die halbe Miete für einen Kriminalpolizisten.

„Wir müssen Ihnen leider ein paar Fragen über Ihren Mann stellen!"

„Wohl eher mein Ex-Mann. Er war ein Scheißkerl, wie alle Männer!"

Die Antwort kam in ihrer Deutlichkeit unerwartet. Das war keine Witwe in Trauer. Das war eine gebrochene Frau, die ihre letzte Kraft in Wutanfälle investierte. Dann würde sie erlöschen.

„Darf ich Sie fragen, warum Sie so negativ über Ihren Mann sprechen?", fragte Angelos. Alles in Russisch.

„Hatte er ein Verhältnis?

„Das hatte er bestimmt. Aber das wäre mir egal gewesen. Wenn er uns wenigstens Geld geschickt hätte. Mir und vor allem seiner Tochter! Als Pilot verdient man doch gut! Da kann man doch mehr als 200 Euro schicken! Und selbst die kamen nicht regelmäßig. Schauen Sie sich doch hier um! Die Tochter eines Piloten soll hier aufwachsen?"

Sie begann wieder zu weinen. Angelos setzte sich neben Floriana und legte den Arm um sie.

Ich wäre längst aus der Wohnung geflogen, dachte Paul. Und Angelos baut in dreißig Sekunden Vertrauen auf – zu einer Wildfremden.

Die Fifty Shades seines Mannes.

47

Als Angelos die arme Frau noch ein paar Mal drückte, fing sie an zu reden:

„Am Anfang kam noch Geld. 500 Euro pro Monat. Dann musste er zu einer anderen Firma wechseln!"

Von Air France zu SOL.

„Dort verdiente er weniger, hat er jedenfalls behauptet."

„Floriana, da hat er nicht gelogen", sagte Angelos.

„Wie auch immer. Es kamen nur noch 300. Zu wenig, selbst hier in Moldawien. Ich kann ja nicht arbeiten gehen. Unsere Tochter ist Diabetikerin und auch noch viel zu klein. Meine Mutter nimmt sie zwar ab und zu. Aber auf Dauer ginge das nicht. Sie ist selbst zu krank."

Sie sackte richtig zusammen. Paul fragte sich, wovon Frau und Tochter sich in Zukunft ernähren sollten. Denn rentenversichert waren die Piloten ja nicht (mehr).

Moldawische Sozialhilfe.

Angelos übersetzte ihm das Wichtigste.

„Sag ihr nicht, dass ihr Mann für den Absturz verantwortlich ist. Noch mehr erträgt die Frau nicht!"

Angelos nickte. „Du machst Dich, Paul!"
Angelos´ Handy klingelte. Nikos. Paul ging
ran.
„Bist Du jetzt bei mir angestellt?"
„Nein, Angelos ist beim Verhör. Was gibt´s?"
„Der Zentralverband der Versicherer hat
Interpol mitgeteilt, dass der Co-Pilot eine
Lebensversicherung über 500.000 Euro für
seine Frau abgeschlossen hat. Also für sich
natürlich, Begünstigte seine Frau. Das ganze
zwei Wochen vor dem Crash."
„Dann schließt sich der Kreis langsam!"
„Ja. Und macht mir bloß keinen Ärger!"
„Wir haben unsere Hosen oben, wenn Du das
meinst", sagte Paul und legte auf.
Er erzählte Angelos von der Versicherung.
„Können wir ihr nicht sagen, denn sie
bekommt kein Geld. Nicht bei einem
Verbrechen! Hätte der Idiot wissen müssen!"
Und wieder ratterte ein Handy. Florianas.
Es war ihre Mutter mit einer offensichtlich
schlimmen Nachricht, denn Floriana begann
zu schreien und kollabierte.
„Paul! Such ein Glas! Sie braucht Wasser!"
Angelos hob sie hoch – ein Fliegengewicht –
und legte sie aufs Sofa.
Er streichelte ihr über die Haare – das wäre
Paul im Leben nicht eingefallen.
Plötzlich schnellte sie hoch.

„Floriana, was ist los?"

„Meine Tochter! Sie ist nicht bei meiner Mutter eingetroffen. Sie ist zwei Stunden überfällig. Das gab es noch nie!"

„Dafür kann es zwanzig harmlose Erklärungen geben!", sagte Angelos.

Sie weinte hemmungslos.

„Braucht sie dringend Insulin?"

„Nein, sie hat die Spritzen immer bei sich!"

Wenigstens etwas.

„Wir können die Polizei nicht einschalten, sonst fliegen wir auf", gab Paul zu bedenken.

Angelos beugte sich über Floriana und schaute ihr direkt in die Augen.

„Und jetzt Prawda – die Wahrheit, Floriana! Sonst können wir Ihrer Tochter nicht helfen!"

Unter einem Schwall von Tränen kam dann tatsächlich die Erklärung für alles.

48

„Er hatte Schulden. Spielschulden. Und wie immer ist man als Frau blind. Es dauert, bis man dahinterkommt. Und dann ist es zu spät."

Sie schniefte zwischen jedem Satz.

„Wenn er da war, bekam ich weniger Geld als sonst. War er im Westen, gingen die Überweisungen immer seltener ein und wurden niedriger. Als ich bei seinem letzten Besuch es endlich begriffen hatte, gab es einen Riesenkrach. Ich konnte das Insulin für meine Tochter nicht mehr bezahlen. Er brach zusammen und gestand seine Spielsucht. Und dass er Schulden hatte. Der große Pilot war ein jämmerlicher Wicht, der am Roulettetisch klebte. Gott, wie ich ihn hasse."

„Es ist eine Sucht, Floriana. Er war krank", sagte Angelos mit ruhiger, sonorer Stimme.

„Und meine Tochter wäre fast gestorben. Obwohl: jetzt ist ohnehin alles aus. Kein Einkommen, keine Arbeit."

Die – nicht neue – Erkenntnis, ließ sie wieder zusammensacken. Wieder nahm Angelos sie in den Arm.

An der Stelle hätte Paul sicher gesagt: „Jetzt reißen Sie sich mal am Riemen, Herrgott. Und hören Sie auf zu Kreischen! Mein Trommelfell reißt!"

Angelos aber hatte eine Engelsgeduld.

„Es geht aber noch weiter, nicht?"

Sie nickte unter Tränen.

„Wie gesagt, er hat nicht nur unser Geld verspielt, sondern auch noch Schulden gemacht. Beim letzten Besuch hier kamen zwei Gestalten, die wollten 20.000 Euro von ihm. Am nächsten Tag war er weg, obwohl er mit Sicherheit keinen Flug hatte, denn vorher hatte er gesagt, er bleibe noch fünf Tage. Maria, meine Tochter, hat zwei Tage geweint, weil ihr Vater ohne ein Wort verschwand."

Das Übersetzen ließ Floriana Zeit, um Luft zu holen.

Wieder brummte das Handy. Die Mutter. Maria sei noch immer nicht da.

Es trug nicht zu Florianas Beruhigung bei.

„Könnte es sein, dass die Schuldeneintreiber Maria entführt haben?", fragte Paul. Angelos übersetzte.

„Gedroht hatten sie damit, ja."

Die effektivste Methode. Man „wendet" sich an die Familie. Sich selber verprügeln lassen – bitte. Aber die eigene Tochter sehen zu müssen, wie sie vergewaltigt und ermordet wird, ist etwas ganz anderes.

„Und das wegen einer Summe von 20.000 Euro? Das Risiko wegen Entführung ins Gefängnis zu kommen, ist groß und steht in keinem Verhältnis!"

Aber auf Pauls Bemerkung hin, lachte Floriana nur verächtlich.

„Sie kennen dieses Land nicht. Jeder Dritte hat keine Arbeit. Hier tötet man für 100 Euro. Und 20.000 Euro hier sind soviel wie eine Million im Westen. Für euch Trinkgeld, hier ein Vermögen."

Das ging an der Realität in Griechenland vorbei. Paul besaß selbst keine 20.000 Euro, Angelos war da schon bessergestellt. Hoher Verdienst und Geld von den Eltern.

Und wieder brummte das Handy.
Es waren die Geldeintreiber.
Und sie hatten Maria.

49

Ein Entführungsfall mit einem Kind in Moldawien. Und zwei griechische Ermittler dazwischen.

Na Bravo.

„Lassen Sie mich zuerst mit dem Kind sprechen", sagte Angelos.

„Maria? Ich bin ein Freund Deiner Mutter. Geht es Dir gut? Ja? Gut, Du musst noch ein wenig bei den Männern bleiben. Dann holen wir Dich."

Nach einer kurzen Pause sagte er: „Sie bekommen Ihr Geld morgen. Sagen Sie mir, wo es deponiert werden soll."

Kurz darauf gab er dem Mann seine Handy-Nummer.

„Wenn Sie das Geld haben, lassen Sie das Kind am Bahnhof frei."

„Wir sollen um 10.00 Uhr von hier nach Straseni fahren. Unterwegs rufen sie uns an und wir werfen das Geld aus dem Fenster. Dann lassen sie Maria frei. Hoffentlich!"

Paul schaute skeptisch.

„Und wo willst Du 20.000 Euro bis morgen auftreiben?"

Angelos lächelte.

„Das wird Deine Aufgabe sein. Du bist der Liebling meiner Mutter!"

Paul verstand nur Bahnhof.

„Meine Mutter gehört zum alten Schlag. Die haben garantiert 50.000 irgendwo zuhause versteckt. Sie soll 20.000 plus Gebühren nehmen und bei Western Union in der Stadt einzahlen und Dir den Abholcode durchgeben. Dann können wir es ein paar Minuten später holen. Und sag ihr, dass es uns gutgeht und sie das Geld in ein paar Tagen zurückbekommt."

Paul begriff nur langsam.

„Moment. Das heißt, Du willst das Lösegeld von Deinem Geld bezahlen?"

„Klar. Soll wegen 20.000 Euro ein Kind sterben? Oder siehst Du eine andere Lösung?"

Ja, natürlich. Das hier geht uns nichts an. Lass uns nach Hause fliegen, dachte Paul.

„Stopp", sagte Angelos plötzlich.

„Ich habe einen Fehler gemacht. Ich sage immer, es gibt kein mein oder dein Geld mehr. Wenn Du es sagst, werde ich immer sauer. Jetzt mache ich den gleichen Fehler. Wärst Du damit einverstanden, wenn wir das Lösegeld von unserem Geld zahlen? Du würdest mir einen großen Gefallen tun!"

Paul hörte sich sagen: „Natürlich, Großer!"

Meinte es aber nicht so.

Als Angelos Floriana die Unterhaltung übersetzte, fiel sie ihm um den Hals und küsste ihn.
Dann schaute sie plötzlich etwas misstrauisch
und fragte:

„Warum tun Sie das? Sie kennen mich nicht,
meine Tochter nicht."

„Weil Angelos von Engel kommt!"
Und lächelte breit.

„Noch eine Frage: würdest Du gerne mit
nach Griechenland kommen. Du und Deine
Tochter? Wir würden Dir dort Arbeit
beschaffen …"

Paul wurde immer schwindliger. Was hat er
vor?

„Ich würde alles tun, um hier wegzukommen.
Und meine Mutter könnte glücklich sterben,
wenn sie wüsste, dass wir im Westen sind."

„Gut", sagte Angelos, „dann pack einen
Koffer für Dich und Deine Tochter. Sofort. Es
muss morgen schnell gehen. Wir sind morgen
um 09.00 Uhr hier. Mit dem Geld!"

„Du hältst mich für vollkommen verrückt, oder?"

„Ich kann Dir nicht sagen, was ich denke. Außer, dass Du einen immer wieder überrascht. Es ist wahrscheinlich das Großzügigste, was ich je erlebt habe. Das ist eine Wildfremde!"

„Und trotzdem ein Mensch. Der zugrunde geht hier. Ich könnte es mir nicht verzeihen, sie in diesem Elend zurückzulassen. Lachst Du gerade über mich?", fragte Angelos.

„Oh nein. Mir wäre das nicht mal im Traum eingefallen. Du bist einfach der bessere Mensch. Und wo sollen die beiden wohnen?"

„Ich verspreche Dir, dass ich mich um die Wohnung und die Arbeit kümmern werde. Du wirst nichts damit zu tun haben. Arbeit gibt es auf Mykonos immer. Sie könnte ja bei uns putzen!"

„Sicher. Und uns beim Duschen stören", sagte Paul lachend.

„Aber sie hat kein Visum, Angelos!"

„Braucht sie nicht. Für die Rumänen gehört Moldawien zu ihnen, deswegen stellen sie Doppelpässe aus. Floriana und Maria haben auch einen rumänischen Pass, können also problemlos in die EU einreisen."

Paul schüttelte erneut den Kopf.

„Ich habe den irrsten Mann auf diesem Planeten geheiratet!"

„Und noch keine Sekunde bereut, oder?"

Natürlich versuchte Angelos´ Mutter, ihm alles auszureden. Entnervt reichte er das Telefon Paul.

„Merlina, Dein Sohn ist kein Idiot. Er will einfach nur etwas Gutes tun. Und außerdem geht es um das Leben eines kleinen Kindes", sagte Paul. Letzteres zog bei jeder Mutter.

„Danke, Paul. Da, wo ich scheitere, bist Du da. Meine Mutter hast du jedenfalls irgendwie verzaubert."

Paul lachte.

„Dabei gab es Zeiten, da wollte sie mich am liebsten töten!"

Um 09.05 Uhr holten sie das Geld bei der Western Union-Filiale am Bahnhof ab und fuhren zu Floriana. Als sie das Geld sah und glauben konnte, dass sie ihre Tochter wiedersieht, fiel sie vor Angelos auf den Boden, umarmte seine Beine und küsste ihm sogar die Schuhe.

„Noch jemand, der Dich für Gott hält", sagte Paul lachend.

Aber es war Angelos peinlich.

„Lass das, Floriana. Dafür haben wir keine Zeit. Paul, bringst Du die Koffer bitte ins Auto?"

„Zu Befehl, Chef!"

Sie fuhren die holprige Straße nach Straseni. Ein Schlagloch-Paradies, das sie nur deswegen ohne Achsenschaden überstanden, weil sie bei der Mietwagenfirma einen Dacia ausgesucht hatten. Der musste so etwas aushalten.

Um 10.25 Uhr kam der Anruf und Paul warf das Geld aus dem Fenster.

„Hoffentlich …"

„Sag es nicht, Paul!"

Um 13.30 Uhr meldete sich Florianas Mutter, dass Maria da sei, wenn auch ein wenig verstört. Die Männer hatten ihr nichts getan.

„Es war auch keine klassische Entführung, eher so etwas wie ein Faustpfand", merkte Angelos an. Ob die Geldeintreiber dem Kind etwas getan hätten? Schwer zu sagen. Nach unseren Maßstäben: nein.

Aber galten die auch in Moldawien?

Sie holten Maria ab und ließen Floriana und ihrer Mutter zehn Minuten für den Abschied.

Um 16.45 stiegen die vier in eine Maschine nach Bukarest, von dort dann nach Athen.

Kurz vor acht Uhr abends kam man in Mykonos an. Sie fuhren Floriana und Maria zu einer kleinen Pension. Beide fielen tot ins Bett, vollkommen verwirrt, aber glücklich.

52

Die Herren Markaris lagen endlich in ihrem Bett. Paul legte seinen Kopf auf Angelos´ Schulter. Ihm schwirrte noch immer der Kopf. Zu viele Ereignisse in zu schneller Abfolge.
„Gott, ist das schön zuhause", murmelte Paul.
„Und der Fall ist gelöst, eine Frau und ihre Tochter haben eine bessere Zukunft. Irgendwie fühlt man sich besser, wenn man etwas Gutes tut. Danke, dass Du einverstanden warst."
„Ich hatte wohl keine Wahl, weil Du wieder Deinen Hundeblick aufgesetzt hattest.

Wenigstens muss ich nicht vor Dir nieder-
knien!", sagte Paul.
„Aber Du würdest, oder?"
„Das kommt ganz darauf an."
„Wenn ich Dir das schönste Duschen aller
Zeiten verspreche?", fragte Angelos.
Dreißig Sekunden später war Paul Markaris
aus dem Bett gestiegen und kniete sich auf
den Vorläufer auf Angelos´ Bettseite.

53

Das Glück, den – für ihn – perfekten
Menschen gefunden zu haben, konnte Paul
nicht lange genießen. Angelos wurde letzt-
endlich doch bei einem Einsatz getötet.
Seine letzten Sätze waren „Nikos, ich habe
Angst um Paul. Versprich mir, dass Du auf ihn
aufpasst!"
Kurz vor seinem eigenen Tod dachte er nicht
an sich – sondern an Paul, seinen Mann.
Nikos wusste, dass er das Versprechen nicht
würde einlösen können.
Ein Leben ohne Angelos war für Paul schlicht
nicht möglich. Sie waren Eins und eine Hälfte
kann nicht alleine leben.
Die eine Hälfte wollte auch nicht.
Lieber tot als ohne ihn.
Paul schoss sich am Strand von Kalafati in
den Kopf. Er starb drei Tage später.

Doch noch war es nicht soweit, Und in der
Rückschau war jeder Tag ein Geschenk.

GRIECHISCHE BRANDUNG

Der Mykonos-Krimi 1

Es waren noch zehn Meter, zehn endlose Meter.
Hinter sich hörte er heftiges Schnaufen.
Sie kamen näher.
Als er den Hof erreicht hatte, packte ihn eine
Hand am Hemdkragen. Er kam nicht mehr voran.
Fünf Meter vor dem Ziel.
Plötzlich spürte er einen furchtbaren Schlag von
vorne.

Und er hörte ein Krachen. Nein, er hörte und
SPÜRTE ein Krachen.

In der Regel lautet bei einem Mord die
entscheidende Frage: Wer ist der Mörder?
Nicht so im vorliegenden Fall. Kommissar Paul
Pandis von der Inselpolizei Mykonos quält
zunächst ein anderes Problem: Wer ist das Opfer?
Als er es endlich herausfindet, ist ihm klar, dass
dies keine normale Ermittlung wird.

JENSEITS VON MYKONOS
Der Mykonos-Krimi 2

Es war vorbei.
Seine Füße begannen zu versagen.

Immer wieder Wasser. Salzwasser. Es rann die Speiseröhre hinunter und brannte im Magen.
Sehen konnte er auch nicht mehr viel. Das Salz brannte auch in den Augen.
Er merkte, dass er immer öfter unterging.
Wer hat mich verraten? WER?
Dann kam die Erkenntnis: Es ist egal. Denn Du bist tot.

Kommissar Paul Pandis steht ratlos in einer Kunstgalerie.
Auf einer Skulptur, einem blauen Stier, hängt eine Leiche, der Galeriebesitzer.
Und der war 94 Jahre alt.
Schnell ist Pandis klar, dass hier die Vergangenheit ihre Schatten wirft

MYKONOS LOVE STORY 1

Die brennende Gestalt taumelte und fiel mit
einem Zischen zu Boden.
Ein letztes Stöhnen und es war vorbei.

Kommissar Paul Pandis steht vor einem Rätsel.
Ein gewöhnlicher Buschbrand entpuppt sich
als Doppelmord.

Doch Pandis hat noch ein Problem:
Er hat sich verliebt. In seinen Kollegen
Angelos. Ein Coming-Out mit 53!
Sein Leben wird zur Achterbahn, aber auch
zur glücklichsten Zeit seines Lebens.

MYKONOS LOVE STORY 2
PREQUEL 1

High Society wie die Kunstwelt blicken nach Mykonos. Ein bisher verschollen geglaubtes Zaren-Ei soll auf der Insel ausgestellt werden.
Ein Sicherheits-Alptraum für Kommissar Paul Pandis.
Dennoch: zumindest keine Mordermittlung. Zunächst.
Dann wird auf einer Yacht eine weibliche Leiche gefunden.
Es ist Pandis´ Ex-Frau.
Und die war zuvor wenig begeistert davon, dass Pandis nun mit einem Mann verheiratet ist.

MYKONOS LOVE STORY 3
PREQUEL 2
Morgenröte über Mykonos

Er lag mit dem Rücken auf etwas und war
gefesselt. Was war hier los?
Ich bin doch nur ein Tourist?
Es muss ein Missverständnis sein.
Er konnte sich nur an einen Schlag erinnern.
Dann das große Nichts. Er hörte Schritte.
Chrysi Avgi, es lebe die Goldene
Morgenröte!"
Dann hielt einer der Männer seinen Kopf
hoch.
Der Andere rammte ihm zwei dünne,
orthodoxe Gebetskerzen in die Nase.

Kommissar Pandis und die ganze Insel sind
fassungslos angesichts zweier brutaler Morde.
Die Spur führt ihn zur „Goldenen
Morgenröte", einer rechten Splitterpartei.
Und für Pandis und seinen jungen Ehemann
Angelos wird es richtig gefährlich, denn als
Schwule sind sie das „Hassobjekt No.1!

MYKONOS LOVE STORY 4

Gas Gas, Gas!
Der Motor röhrte.
Die Reifen qualmten.
Dann bekamen sie Grip.

Der Ferrari wurde immer schneller.
Passierte das Ortsschild.
Vor ihm der große Kreisverkehr.

Pedal, kein Druck, Erstaunen.
Pedal, kein Druck, Panik.
Dann flog er über das Geländer und krachte in
das Denkmal.
8 Min 42 Sekunden von Ano Mera.
Das war neuer Rekord. Es war sein letzter.

Kommissar Paul Pandis und Ehemann Angelos
halten es zunächst für einen Verkehrsunfall. Das
Unangenehme: Das Opfer ist der Sohn des
Bürgermeisters. Doch der Wagen war gestohlen.
Und es Ist beileibe nicht der erste verschwundene
Ferrari auf der Luxus-Insel.

Und eine weitere schwere Prüfung steht Pandis
bevor: Angelos´ Eltern kommen zu Besuch.

MYKONOS LOVE STORY 5
Rape - Vergewaltigung

Angelos ertappt Paul bei einem
vermeintlichen Seitensprung –
ausgerechnet mit seinem Bruder
Christos – und verlässt Paul.
Als sich herausstellt, dass sie Opfer
einer Intrige wurden, wird Angelos´
Bruder tot aufgefunden.

Und Angelos wird als mutmaßlicher
Mörder verhaftet. Ein sehr persönlicher
Fall für Kommissar Paul Markaris, (früher
Pandis), in dessen Verlauf er selber zum
Opfer wird – einer Vergewaltigung.

MYKONOS LOVE STORY 6
Der rosa Leopard

Die beiden schwulen Ermittler Paul und Angelos nehmen die ersten Anzeichen nicht ernst. Doch als immer mehr Partygäste auf Mykonos Opfer einer neuen Superdroge werden, kommen sie den Händlern schnell auf die Spur. Problem: Es sind Libyer von unvorstellbarer Brutalität.
Zuvor muss das Ehepaar Markaris noch eine weit schlimmere Klippe meistern: nach einem Einsatz in Athen - bei einer Geiselnahme - begeht Angelos einen Seitensprung – mit einer Frau. Das große Glück scheint vorbei.

MYKONOS LOVE STORY 7
Die Rückkehr der Leoparden

Noch immer sind Paul und Angelos, die beiden schwulen Ermittler aus Mykonos, hinter den libyschen Drogenhändlern her, die die Insel mit einer neuen Substanz überschwemmen. Und mit Folterdrohungen ganz Mykonos in Angst und Schrecken versetzen.
Doch dann wird Angelos entführt und gefoltert.

Als sich Paul auf die Suche begeben will, geschieht auf Mykonos ein Mord auf einem Kreuzfahrtschiff.
Was hat Priorität für Kommissar Markaris? Natürlich sein Mann …

MYKONOS LOVE STORY 9
Der tote Pelikan

Auf Mykonos ist man entsetzt: das Maskottchen der Insel – der Pelikan Petros – wurde massakriert. Als Paul und Angelos, die beiden schwulen Ermittler, den Täter aufspüren, hat dieser sich schon erhängt. Es ist der 17-jährige Enkel des örtlichen Richters, der kurz zuvor Angelos seine Liebe gestand. Als hätte Paul damit nicht schon genug am Hals: er hat auch noch Geburtstag und wird 54. Aber sein Ehemann, 28, zieht alle Register, um es keinen Trauertag werden zu lassen

MYKONOS LOVE STORY 10
Photià-Feuer

Vor einem Beachclub findet man den Kopf des Friedhofsgärtners von Mykonos.
Leicht zu transportieren, denkt Kommissar Paul Markaris. Andererseits: wenig zu obduzieren.
Und dieser Mord kommt Markaris äußerst ungelegen. Denn zwei Tage, nachdem er und sein Mann Angelos in ihr gemeinsames Haus eingezogen waren, brannte es ab. Angelos wäre beinahe ums Leben gekommen. Und: es war Brandstiftung.

Hinweise

OPKE ist die Spezialeinheit der griechischen Polizei.
In Griechenland unterstehen Polizei und Geheimdienst dem Militär.

FSC
www.fsc.org

MIX

Papier aus ver-
antwortungsvollen
Quellen

Paper from
responsible sources

FSC® C105338